无论怎么冷，我心上总是温暖的

朱自清经典文集

朱自清 著
张莹 编

中国出版集团 现代出版社

图书在版编目（CIP）数据

无论怎么冷，我心上总是温暖的：朱自清经典散文集 / 朱自清著；张莹编. -- 北京：现代出版社,2017.9

ISBN 978-7-5143-6495-8

Ⅰ. ①无… Ⅱ. ①朱… ②张… Ⅲ. ①散文集－中国－现代 Ⅳ. ①I266

中国版本图书馆CIP数据核字（2017）第224904号

著　　者	朱自清
责任编辑	杨学庆
出版发行	现代出版社
地　　址	北京市安定门外安华里504号
邮政编码	100011
电　　话	010-64267325 64245264（传真）
网　　址	www.1980xd.com
电子邮箱	xiandai@cnpitc.com.cn
印　　刷	三河市金泰源印务有限公司
开　　本	880mm × 1230mm 1/32
印　　张	8
字　　数	180千字
版次印次	2018年1月第1版　2018年1月第1次印刷
标准书号	ISBN 978-7-5143-6495-8
定　　价	39.80元

序　唯有深情最动人

世上有很多很多的苦难挣扎，失落不堪，亦有很多的千山万水，劲草嫩花，它们在风雨中涤荡，也在岁月中散发着光芒。

这光芒，是一种精神强度，饱满，葳蕤，动人。

在朱自清老先生的笔下，它们款款而来，一字字，一句句，清新，秀丽，化成巨大的深情，席卷了时光。

朴素中寄寓真挚，真实中拨动心弦，朱自清的散文，堪称现代散文史上的典范。

“除了孩子，你心里只有我……”（《给亡妇》）那个叫谦的人走了，带着牵挂、留恋、不舍，在他的心里烙下了永久的印迹，那爱的印迹悄然沉睡着，不声不响，读来，却令人潸然。

有时候，这样的深情，只能是一个人的事情。

是的，是他一个人的事情，他在 “儿女”的嬉笑怒忍里“好好地做一回父亲”。这样的担当，是因为他的心里有光在升腾。

那是一个动荡的年代，身在喧嚣纷攘之中，依然怀有一股清风，《匆匆》地《春》来，夏荷也已盛开，一片月色，隔着远远的时光，是梵婀玲美妙的乐声，悠然入耳。

在兵荒马乱里逆行，悲喜交集着，也气闲神定着。“无论怎么冷，大风大雪，想到这些，我心上总是暖的”（《冬天》）。

当然暖，是因为一颗慈悲心。

他的心里装着大山大河，也装着星光微芒。父亲蹒跚的“背影”，模糊的是眼睛，清晰的是心灵。不言不语，是一种宽厚的仁慈在流淌，点点滴滴，落在文字里，情亲见君意。

“她没有来过中国，也并不喜欢中国，可是，我们看到她有中国的老味”（《房东太太》），这样一个外国老太太，朱老先生看到的是她的真诚，她的风趣，她的努力，称她是贤妻良母……

谁不愿意被这样地去欣赏呢？有爱便美！

留学英国，漫游欧洲，一路西行一路载，记下国内北方的趣味独特，也将异国的气息，传达得简洁，干净，素朴，带着人间的烟火，无处不透露着令人着迷的吸引。

从时光隧道里，缓缓走来，无论日子怎样的苟且，鸡零狗碎，身边总要有个人陪，说话，发呆，抑或沉默，你是不是希望有这么一个人，如朱自清的散文般深情动人，无论时光汹涌，岁月苍茫，它都会一直伴你左右。

——作家张莹　2017年夏

目录

阿河

我这一回寒假，因为养病，住到一家亲戚的别墅里去。那别墅是在乡下。前面偏左的地方，是一片淡蓝的湖水，对岸环拥着不尽的青山。山的影子倒映在水里，越显得清清朗朗的。

水面常如镜子一般。风起时，微有皱痕；像少女们皱她们的眉头，过一会子就好了。湖的余势束成一条小港，缓缓地不声不响地流过别墅的门前。门前有一条小石桥，桥那边尽是田亩。这边沿岸一带，相间地栽着桃树和柳树，春来当有一番热闹的梦。

别墅外面缭绕着短短的竹篱，篱外是小小的路。里边一座向南的楼，背后便倚着山。西边是三间平屋，我便住在这里。院子里有两块草地，上面随便放着两三块石头。另外的隙地上，或罗列着盆栽，或种莳着花草。篱边还有几株枝干蟠曲的大树，有一株几乎要伸到水里去了。

我的亲戚韦君只有夫妇二人和一个女儿。她在外边念书，这时也刚回到家里。她邀来三位同学，同到她家过这个寒假；两位是亲戚，一位是朋友。她们住着楼上的两间屋子。韦君夫妇也住在楼上。楼下正中是客厅，常是闲着，西间是吃饭的地方；东间便是韦君的书房，我们谈天，喝茶，看报，都在这里。

我吃了饭，便是一个人，也要到这里来闲坐一回。我来的第二天，韦小姐告诉我，她母亲要给她们找一个好好的女用人；长工阿齐说有一个表妹，母亲叫他明天就带来做做看呢。她似乎很高兴的样子，我只是不经意地答应。

平屋与楼屋之间，是一个小小的厨房。我住的是东面的屋子，从窗子里可以看见厨房里人的来往。

这一天午饭前，我偶然向外看看，见一个面生的女用人，两手提着两把白铁壶，正往厨房里走；韦家的李妈在她前面领着，不知在和她说甚么话。她的头发乱蓬蓬的，像冬天的枯草一样。身上穿着镶边的黑布棉袄和夹裤，黑里已泛出黄色；棉袄长与膝齐，夹裤也直拖到脚背上。脚倒是双天足，穿着尖头的黑布鞋，后跟还带着两片同色的叶拔儿。想这就是阿齐带来的女用人了；想完了就坐下看书。

晚饭后，韦小姐告诉我，女用人来了，她的名字叫阿河。我说，名字很好，只是人土些；还能做么?

她说，别看她土，很聪明呢。

我说，哦。便接着看手中的报了。

以后每天早上，中上，晚上，我常常看见阿河挈着水壶来往；她的眼似乎总是望前看的。两个礼拜匆匆地过去了。

韦小姐忽然和我说，你别看阿河土，她的志气很好，她是个可怜的人。我和娘说，把我前年在家穿的那身棉袄裤给了她吧。我嫌那两件衣服太花，给了她正好。娘先不肯，说她来了没有几天；后来也肯了。今天拿出来让她穿，正合式呢。我们教给她打绒绳鞋，她真聪明，一学就会了。她说拿到工钱，也要打一双穿呢。我等几天再和娘说去。

她这样爱好！怪不得头发光得多了，原来都是你们教她的。好！你们尽教她讲究，她将来怕不愿回家去呢。大家都笑了。

旧新年是过去了。因为江浙的兵事，我们的学校一时还不能开学。我们大家都乐得在别墅里多住些日子。

这时阿河如换了一个人。她穿着宝蓝色挑着小花儿的布棉袄裤；脚下是嫩蓝色毛绳鞋，鞋口还缀着两个半蓝半白的小绒球儿。我想这一定是她的小姐们给帮忙的。

古语说得好，人要衣裳马要鞍，阿河这一打扮，真有些楚楚可怜了。她的头发早已是刷得光光的，覆额的留海也梳得十分伏帖。一张小小的圆脸，如正开的桃李花；脸上并没有笑，却隐隐地含着春日的光辉，像花房里充了蜜一般。

这在我几乎是一个奇迹；我现在是常站在窗前看她了。我觉得在深山里发见了一粒猫儿眼；这样精纯的猫儿眼，是我生平所仅见！我觉得我们相识已太长久，极愿和她说一句话——极平淡的话，一句也好。但我怎好平白地和她攀谈呢？这样郁郁了一礼拜。

这是元宵节的前一晚上。我吃了饭，在屋里坐了一会，觉得有些无聊，便信步走到那书房里。拿起报来，想再细看一回。

忽然门钮一响，阿河进来了。她手里拿着三四支颜色铅笔；出乎意料地走近了我。她站在我面前了，静静地微笑着说：白先生，你知道铅笔刨在哪里？一面将拿着的铅笔给我看。我不自主地立起来，匆忙地应道，在这里；我用手指着南边柱子。但我立刻觉得这是不够的。我领她走近了柱子。这时我像闪电似的踌躇了一下，便说，我……我……

她一声不响地已将一支铅笔交给我。我放进刨子里刨给她看。刨了两下，便想交给她；但终于刨完了一支，交还了她。她接了笔略看一看，仍仰着脸向我。我窘极了。刹那间念头转了好几个圈子；到底硬着头皮搭讪着说，就这样刨好了。我赶紧向门外一瞥，就走回原处看报去。但我的头刚低下，我的眼已抬起来了。于是远远地从容地问道，你会么？她不曾掉过头来，只嘤了一声，也不说话。

我看了她背影一会。觉得应该低下头了。等我再抬起头来时，她已默默地向外走了。她似乎总是望前看的；我想再问她一句话，但终于不曾出口。我撇下了报，站起来走了一会，便回到自己屋里。

我一直想着些什么，但什么也没有想出。

第二天早上看见她往厨房里走时，我发愿我的眼将老跟着她的影子！她的影子真好。她那几步路走得又敏捷，又匀称，又苗条，正如一只可爱的小猫。她两手各提着一只水壶，又令我想到在一条细细的索儿上抖擞精神走着的女子。

这全由于她的腰；她的腰真太软了，用白水的话说，真是软到使我如吃苏州的牛皮糖一样。不止她的腰，我的日记里说得好：她有一套和云霞比美，水月争灵的曲线，织成大大的一张迷惑的网！而那两颊的曲线，尤其甜蜜可人。她两颊是白中透着微红，润泽如玉。她的皮肤，嫩得可以掐出水来；我的日记里说，我很想去掐她一下呀！她的眼像一双小燕子，老是在滟滟的春水上打着圈儿。

她的笑最使我记住，像一朵花漂浮在我的脑海里。我不是说过，她的小圆脸像正开的桃花么？那么，她微笑的时候，便是盛开的时候了：花房里充满了蜜，真如要流出来的样子。她的发不甚厚，但黑而有光，柔软而滑，如纯丝一般。只可惜我不曾闻着一些儿香。唉！从前我在窗前看她好多次，所得的真太少了；若不是昨晚一见，——虽只几分钟——我真太对不起这样一个人儿了。

午饭后，韦君照例地睡午觉去了，只有我，韦小姐和其他三位小姐在书房里。我有意无意地谈起阿河的事。我说：你们怎知道她的志气好呢？

那天我们教给她打绒绳鞋；一位蔡小姐便答道，看她很聪明，就问她为甚么不念书。她被我们一问，就伤心起来了。……

是的，韦小姐笑着抢了说，后来还哭了呢；还有一位傻子陪她淌眼泪呢。

那边黄小姐可急了，走过来推了她一下。蔡小姐忙拦住道，人家说正经话，你们尽闹着玩儿！让我说完了呀——我代你说啵，韦小姐仍抢着说：她只有一个爹，没有娘。嫁了一个男人，倒有三十多岁，土头土脑的，脸上满是疱！他是李妈的邻舍，我还看见过呢……

好了，底下我说吧。蔡小姐接着道，她男人又不要好，尽爱赌钱；她一气，就住到娘家来，有一年多不回去了。

她今年几岁？我问。

十七不知十八？前年出嫁的，几个月就回家了，蔡小姐说。

不，十八，我知道，韦小姐改正道。

哦。你们可曾劝她离婚？

怎么不劝；韦小姐应道，她说十八回去吃她表哥的喜酒，要和她的爹去说呢。

你们教她的好事，该当何罪！我笑了。

她们也都笑了。

十九的早上，我正在屋里看书，听见外面有嚷嚷的声音；这是从来没有的。我立刻走出来看；只见门外有两个乡下人要走进来，却给阿齐拦住。他们只是央告，阿齐只是不肯。这时韦君已走出院中，向他们道，你们回去吧。人在我这里，不要紧的。快回去，不要瞎吵！

两个人面面相觑，说不出一句话；俄延了一会，只好走了。我问韦君什么事。他说，阿河啰！还不是瞎吵一回子。

我想他于男女的事向来是懒得说的，还是回头问他小姐的好；我们便谈到别的事情上去。

吃了饭，我赶紧问韦小姐，她说，她是告诉娘的，你问娘去。

我想这件事有些尴尬，便到西间里问韦太太；她正看着李妈收拾碗碟呢。她见我问，便笑着说，你要问这些事做什么？她昨天回去，原是借了阿桂的衣裳穿了去的，打扮得娇滴滴的，也难怪，被她男人看见了，便约了些不相干的人，将她抢回去过了一夜。今天早上，她骗她男人，说要到此地来拿行李。她男人就会信她，派了两个人跟着。那知她到了这里，便叫阿齐拦着那跟来的人；她自己便跪在我面前哭诉，说死也不愿回她男人家去。你说我有什么法子。只好让那跟来的人先回去再说。好在没有几天，她们要上学了，我将来交给她的爹吧。唉，现在的人，心眼儿真是越过越大了；一个乡下女人，也会闹出这样惊天动地的事了！

可不是，李妈在旁插嘴道，太太你不知道；我家三叔前儿来，我还听他说呢。我本不该说的，阿弥陀佛！太太，你想她不愿意回婆家，老愿意住在娘家，是什么道理？家里只有一个单身的老子；你想那该死的老畜生！他舍不得放她回去呀！

低些，真的么？韦太太惊诧地问。

他们说得千真万确的。我早就想告诉太太了，总有些疑心；今天看她的样子，真有几分对呢。太太，你想现在还成什么世界！

这该不至于吧。我淡淡地插了一句。

少爷，你那里知道！韦太太叹了一口气，——好在没有几天了，让她快些走吧；别将我们的运气带坏了。她的事，我们以后也别谈吧。

开学的通告来了，我定在二十八走。二十六的晚上，阿河忽然不到厨房里挈水了。韦小姐跑来低低地告诉我，娘叫阿齐将阿河送回去了；我在楼上，都不知道呢。

我应了一声，一句话也没有说。正如每日有三顿饱饭吃的人，忽然绝了粮；却又不能告诉一个人！而且我觉得她的前面是黑洞洞的，此去不定有什么好歹！那一夜我是没有好好地睡，只翻来覆去地做梦，醒来却又一例茫然。

这样昏昏沉沉地到了二十八早上，懒懒地向韦君夫妇和韦小姐告别而行，韦君夫妇坚约春假再来住，我只得含糊答应着。出门时，我很想回望厨房几眼；但许多人都站在门口送我，我怎好回头呢？

到校一打听，老友陆已来了。我不及料理行李，便找着他，将阿河的事一五一十告诉他。他本是个好事的人；听我说时，时而皱眉，时而叹气，时而擦掌。听到她只十八岁时，他突然将舌头一伸，跳起来道，可惜我早有了我那太太！要不然，我准得想法子娶她！

你娶她就好了；现在不知鹿死谁手呢？

我俩默默相对了一会，陆忽然拍着桌子道，有了，老汪不是去年失了恋么？他现在还没有主儿，何不给他俩撮合一下。

我正要答说，他已出去了。过了一会子，他和汪来了，进门就嚷着说，我和他说，他不信；要问你呢！

事是有的，人呢，也真不错。只是人家的事，我们凭什么去管！我说。

想法子呀！陆嚷着。

什么法子？你说！

好，你们尽和我开玩笑，我才不理会你们呢！汪笑了。

我们几乎每天都要谈到阿河，但谁也不曾认真去想法子。

一转眼已到了春假。我再到韦君别墅的时候，水是绿绿的，桃腮柳眼，着意引人。我却只惦着阿河，不知她怎么样了。

那时韦小姐已回来两天。我背地里问她，她说，奇得很！阿齐告诉我，说她二月间来求娘来了。她说她男人已死了心，不想她回去；只不肯白白地放掉她。他教她的爹拿出八十块钱来，人就是她的爹的了；他自己也好另娶一房人。可是阿河说她的爹那有这些钱。她求娘可怜可怜她！娘的脾气你知道。她是个古板的人；她数说了阿河一顿，一个钱也不给！我现在和阿齐说，让他上镇去时，带个信儿给她，我可以给她五块钱。我想你也可以帮她些，我教阿齐一块儿告诉她吧。只可惜她未必肯再上我们这儿来啰！

我拿十块钱吧，你告诉阿齐就是。

我看阿齐空闲了，便又去问阿河的事。他说，她的爹正给她东找西找地找主儿呢。只怕难吧，八十块大洋呢！

我忽然觉得不自在起来，不愿再问下去。

过了两天，阿齐从镇上回来，说，今天见着阿河了。娘的，齐整起来了。穿起了裙子，做老板娘娘了！据说是自己拣中的；这种年头！

我立刻觉得，这一来全完了！只怔怔地看着阿齐，似乎想在他脸上找出阿河的影子。咳，我说什么好呢？愿命运之神长远庇护着她吧！

第二天我便托故离开了那别墅；我不愿再见那湖光山色，更不愿再见那间小小的厨房。

桨声灯影里的秦淮河

一九二三年八月的一晚，我和平伯同游秦淮河；平伯是初泛，我是重来了。

我们雇了一只七板子，在夕阳已去，皎月方来的时候，便下了船。于是桨声汩汩，我们开始领略那晃荡着蔷薇色的历史的秦淮河的滋味了。

河里闹热极了；船大半泊着，小半在水上穿梭似的来往。停泊着的都在近市的那一边，我们的船自然也夹在其中。

秦淮河上原有一种歌妓，是以歌为业的。从前都在茶舫上，唱些大曲之类。

我从前过南京时，曾随着朋友去听过两次。因为茶舫里的人脸太多了，觉得不大适意，终于听不出所以然。前年听说歌妓被取缔了。

这次到南京，先到茶舫上去看看，觉得颇是寂寥，令我无端的怅怅了。不料她们却仍在秦淮河里挣扎着，不料她们竟会纠缠到我们，我于是很张皇了。她们也乘着七板子，她们总是坐在舱前的。

舱前点着石油汽灯，光亮炫人眼目：坐在下面的，自然是纤毫毕见了——引诱客人们的力量，也便在此了。舱里躲着乐工等人，映着汽灯的余辉蠕动着；他们是永远不被注意的。

每船的歌妓大约都是二人；天色一黑。她们的船就在大中桥外往来不息的兜生意。无论行着的船，泊着的船，都要来兜揽的。这都是我后来推想出来的。那晚不知怎样，忽然轮着我们的船了。

我们的船好好的停着，一只歌舫划向我们来的；渐渐和我们的船并着了。铄铄的灯光逼得我们皱起了眉头；我们的风尘色全给它托出来了，这使我踧踖不安了。那时一个伙计跨过船来，拿着摊开的歌折，就近塞向我的手里，说，点几出吧！他跨过来的时候，我们船上似乎有许多眼光跟着。同时相近的别的船上也似乎有许多眼睛炯炯的向我们船上看着。

我真窘了！我也装出大方的样子，向歌妓们瞥了一眼，但究竟是不成的！我勉强将那歌折翻了一翻，却不曾看清了几个字；便赶紧递还那伙计，一面不好意思地说，不要，我们……不要。他便塞给平伯。平伯掉转头去，摇手说，不要！那人还腻着不走。平伯又回过脸来，摇着头道，不要！于是那人重到我处。我窘着再拒绝了他。他这才有所不屑似的走了。我的心立刻放下，如释了重负一般。我们就开始自白了。

我说我受了道德律的压迫，拒绝了她们；心里似乎很抱歉的。这所谓抱歉，一面对于她们，一面对于我自己。她们于我们虽然没有很奢的希望；但总有些希望的。我们拒绝了她们，无论理由如何充足，却使她们的希望受了伤；这总有几分不做美了。这是我觉得很怅怅的。

至于我自己，更有一种不足之感。我这时被四面的歌声诱惑了，降服了。一面盼望，一面却感到了两重的禁制：一，在通俗的意义上，接近妓者总算一种不正当的行为；二，妓是一种不健全的职业，我们对于她们，应有哀矜勿喜之心，不应赏玩的去听她们的歌。

歌舫去了，暂时宁靖之后，我的思绪又如潮涌了。卖歌和卖淫不同，听歌和狎妓不同，又干道德甚事？但是，但是，她们既被逼的以歌为业，她们的歌必无艺术味的；况她们的身世，我们究竟该同情的。所以拒绝倒也是正办。但这些意思终于不曾撇开我的听歌的盼望。它力量异常坚强；它总想将别的思绪踏在脚下。从这重重的争斗里，我感到了浓厚的不足之感。

这不足之感使我的心盘旋不安，起坐都不安宁了。唉！我承认我是一个自私的人！平伯呢，却与我不同。他引周启明先生的诗："因为我有妻子，所以我爱一切的女人，因为我有子女，所以我爱一切的孩子。"

他因为推及的同情，爱着那些歌妓，并且尊重着她们，所以拒绝了她们。在这种情形下，他自然以为听歌是对于她们的一种侮辱。但他也是想听歌的，虽然不和我一样，所以在他的心中，当然也有一番小小的争斗；争斗的结果，是同情胜了。

至于道德律，在他是没有什么的；因为他很有蔑视一切的倾向，民众的力量在他是不大觉着的。这时他的心意的活动比较简单，又比较松弱，故事后还怡然自若；我却不能了。这里平伯又比我高了。

在我们谈话中间，又来了两只歌舫。伙计照前一样的请我们点戏，我们照前一样的拒绝了。我受了三次窘，心里的不安更甚了。清艳的夜景也为之减色。船夫大约因为要赶第二趟生意，催着我们回去；我们无可无不可的答应了。

我们渐渐和那些晕黄的灯光远了，只有些月色冷清清的随着我们的归舟。我们的船竟没个伴儿，秦淮河的夜正长哩！到大中桥近处，才遇着一只来船。这是一只载妓的板船，黑漆漆的没有一点光。

船头上坐着一个妓女；暗里看出，白地小花的衫子，黑的下衣。她手里拉着胡琴，口里唱着青衫的调子。她唱得响亮而圆转；当她的船箭一般驶过去时，余音还袅袅的在我们耳际，使我们倾听而向往。想不到在弩末的游踪里，还能领略到这样的清歌！

这时船过大中桥了，森森的水影，如黑暗张着巨口，要将我们的船吞了下去，我们回顾那渺渺的黄光，不胜依恋之情；我们感到了寂寞了。这一段地方夜色甚浓，又有两头的灯火招邀着；桥外的灯火不用说了，过了桥另有东关头疏疏的灯火。我们忽然仰头看见依人的素月，不觉深悔归来之早了。

走过东关头，有一两只大船湾泊着，又有几只船向我们来着。嚣嚣的一阵歌声人语，仿佛笑我们无伴的孤舟哩。东关头转湾，河上的夜色更浓了；临水的妓楼上，时时从帘缝里射出一线一线的灯光；仿佛黑暗从酣睡里眨了一眨眼。我们默然的对着，静听那汩汩的桨声，几乎要入睡了；朦胧里却温寻着适才的繁华的余味。

我那不安的心在静里愈显活跃了！这时我们都有了不足之感，而我的更其浓厚。我们却只不愿回去，于是只能由懊悔而怅惘了。船里便满载着怅惘了。直到利涉桥下，微微嘈杂的人声，才使我豁然一惊；那光景却又不同。

右岸的河房里，都大开了窗户，里面亮着晃晃的电灯，电灯的光射到水上，蜿蜒曲折，闪闪不息，正如跳舞着的仙女的臂膊。我们的船已在她的臂膊里了；如睡在摇篮里一样，倦了的我们便又入梦了。那电灯下的人物，只觉像蚂蚁一般，更不去萦念。

这是最后的梦，可惜是最短的梦！黑暗重复落在我们面前，我们看见傍岸的空船上一星两星的，枯燥无力又摇摇不定的灯光。我们的梦醒了，我们知道就要上岸了；我们心里充满了幻灭的情思。

背影

我与父亲不相见已二年余了，我最不能忘记的是他的背影。

那年冬天，祖母死了，父亲的差使也交卸了，正是祸不单行的日子，我从北京到徐州，打算跟着父亲奔丧回家。到徐州见着父亲，看见满院狼藉的东西，又想起祖母，不禁簌簌地流下眼泪。

父亲说，事已如此，不必难过，好在天无绝人之路！

回家变卖典质，父亲还了亏空；又借钱办了丧事。这些日子，家中光景很是惨淡，一半为了丧事，一半为了父亲赋闲。丧事完毕，父亲要到南京谋事，我也要回北京念书，我们便同行。

到南京时，有朋友约去游逛，勾留了一日；第二日上午便须渡江到浦口，下午上车北去。父亲因为事忙，本已说定不送我，叫旅馆里一个熟识的茶房陪我同去。他再三嘱咐茶房，甚是仔细。但他终于不放心，怕茶房不妥帖；颇踌躇了一会。

其实我那年已二十岁，北京已来往过两三次，是没有甚么要紧的了。他踌躇了一会，终于决定还是自己送我去。我两三回劝他不必去；他只说，不要紧，他们去不好！

我们过了江，进了车站。我买票，他忙着照看行李。行李太多了，得向脚夫行些小费，才可过去。他便又忙着和他们讲价钱。我那时真是聪明过分，总觉他说话不大漂亮，非自己插嘴不可。但他终于讲定了价钱；就送我上车。

他给我拣定了靠车门的一张椅子；我将他给我做的紫毛大衣铺好坐位。他嘱我路上小心，夜里警醒些，不要受凉。又嘱托茶房好好照应我。

我心里暗笑他的迂；他们只认得钱，托他们直是白托！而且我这样大年纪的人，难道还不能料理自己么？唉，我现在想想，那时真是太聪明了！

我说道，爸爸，你走吧。他望车外看了看，说，我买几个橘子去。你就在此地，不要走动。

我看那边月台的栅栏外有几个卖东西的等着顾客。走到那边月台，须穿过铁道，须跳下去又爬上去。

父亲是一个胖子，走过去自然要费事些。我本来要去的，他不肯，只好让他去。我看见他戴着黑布小帽，穿着黑布大马褂，深青布棉袍，蹒跚地走到铁道边，慢慢探身下去，尚不大难。可是他穿过铁道，要爬上那边月台，就不容易了。他用两手攀着上面，两脚再向上缩；他肥胖的身子向左微倾，显出努力的样子。这时我看见他的背影，我的泪很快地流下来了。我赶紧拭干了泪，怕他看见，也怕别人看见。我再向外看时，他已抱了朱红的橘子望回走了。

过铁道时，他先将橘子散放在地上，自己慢慢爬下，再抱起橘子走。到这边时，我赶紧去搀他。他和我走到车上，将橘子一股脑儿放在我的皮大衣上。于是扑扑衣上的泥土，心里很轻松似的，过一会说，我走了；到那边来信！我望着他走出去。他走了几步，回过头看见我，说，进去吧，里边没人。等他的背影混入来来往往的人里，再找不着了，我便进来坐下，我的眼泪又来了。

近几年来，父亲和我都是东奔西走，家中光景是一日不如一日。他少年出外谋生，独力支持，做了许多大事。那知老境却如此颓唐！他触目伤怀，自然情不能自已。情郁于中，自然要发之于外；家庭琐屑便往往触他之怒。他待我渐渐不同往日。但最近两年的不见，他终于忘却我的不好，只是惦记着我，惦记着我的儿子。

我北来后，他写了一信给我，信中说道，我身体平安，惟膀子疼痛利害，举箸提笔，诸多不便，大约大去之期不远矣。

我读到此处，在晶莹的泪光中，又看见那肥胖的，青布棉袍，黑布马褂的背影。唉！我不知何时再能与他相见！

哀韦杰三君

韦杰三君是一个可爱的人；我第一回见他面时就这样想。这一天我正在家里，听到敲门的声音；进来的是一位温雅的少年。

我问他贵姓的时候，他将他的姓名写在纸上给我看；说是苏甲荣先生介绍他来的。

苏先生是我的同学，他的同乡，他说前一晚已来找过我了，我不在家；所以这回又特地来的。我们闲谈了一会，他说怕耽误我的时间，就告辞走了。

是的，我们只谈了一会儿，而且并没有什么重要的话；——我现在已全忘记——但我觉得已懂得他了，我相信他是一个可爱的人。

第二回来访，是在几天之后。那时新生甄别试验刚完，他的国文课是被分在钱子泉先生的班上。他来和我说，要转到我的班上。我和他说，钱先生的学问，是我素来佩服的；在他班上比在我班上一定好。而且已定的局面，因一个人而变动，也不大方便。他应了几声，也没有什么，就走了。从此他就不曾到我这里来。

有一回，在三院第一排屋的后门口遇见他，他微笑着向我点头；他本是捧了书及墨盒去上课的，这时却站住了向我说：常想到先生那里，只是功课太忙了，总想去的。我说：你闲时可以到我这里谈谈。我们就点首作别。

三院离我住的古月堂似乎很远，有时想起来，几乎和前门一样。所以半年以来，我只在上课前，下课后几分钟里，偶然遇着他三四次；除上述一次外，都只匆匆地点头走过，不曾说一句话。但我常是这样想：他是一个可爱的人。

他的同乡苏先生，我还是来京时见过一回，半年来不曾再见。我不曾能和他谈韦君；我也不曾和别人谈韦君，除了钱子泉先生。

钱先生有一日告诉我，说韦君总想转到我班上；钱先生又说：他知道不能转时，也很安心的用功了，笔记做得很详细的。我说，自然还是在钱先生班上好。以后这件事还谈起一两次。

直到三月十九日早，有人误报了韦君的死信；钱先生站在我屋外的台阶上惋惜地说：他寒假中来和我谈。我因他常是忧郁的样子，便问他为何这样；是为了我么？他说：不是，你先生很好的；我是因家境不宽，老是愁烦着。他说他家里还有一个年老的父亲和未成年的弟弟；他说他弟弟因为家中无钱，已失学了。他又说他历年在外读书的钱，一小半是自己休了学去做教员弄来的，一大半是向人告贷来的。他又说，下半年的学费还没有着落呢。但他却不愿平白地受人家的钱；我们只看他给大学部学生会起草的请改奖金制为借贷制与工读制的信，便知道他年纪虽轻，做人却有骨气的。

我最后见他，是在三月十八日早上，天安门下电车时。也照平常一样，微笑着向我点头。他的微笑显示他纯洁的心，告诉人，他愿意亲近一切；我是不会忘记的。还有他的静默，我也不会忘记。

据陈云豹先生的《行述》，韦君很能说话；但这半年来，我们听见的，却只有他的静默而已。他的静默里含有忧郁，悲苦，坚忍，温雅等等，是最足以引人深长之思和切至之情的。他病中，据陈云豹君在本校追悼会里报告，虽也有一时期，很是躁急，但他终于在离开我们之前，写了那样平静的两句话给校长；他那两句话包蕴着无穷的悲哀，这是静默的悲哀！所以我现在又想，他毕竟是一个可爱的人。

三月十八日晚上，我知道他已危险；第二天早上，听见他死了，叹息而已！但走去看学生会的布告时，知他还在人世，觉得被鼓励似的，忙着将这消息告诉别人。有不信的，我立刻举出学生会布告为证。

我二十日进城，到协和医院想去看看他；但不知道医院的规则，去迟了一点钟，不得进去。我很怅惘地在门外徘徊了一会，试问门役道：你知道清华学校有一个韦杰三，死了没有？他的回答，我原也知道的，是不知道三字！

那天傍晚回来；二十一日早上，便得着他死的信息——这回他真死了！他死在二十一日上午一时四十八分，就是二十日的夜里，我二十日若早去一点钟，还可见他一面呢。这真是十分遗憾的！二十三日同人及同学入城迎灵，我在城里十二点才见报，已赶不及了。下午回来，在校门外看见杠房里的人，知道柩已来了。

我到古月堂一问，知道柩安放在旧礼堂里。我去的时候，正在重殓，韦君已穿好了殓衣在照相了。据说还光着身子照了一张相，是照伤口的。我没有看见他的伤口；但是这种情景，不看见也罢了。

照相毕，入殓，我走到柩旁：韦君的脸已变了样子，我几乎不认识了！他的两颧突出，颊肉瘪下，掀唇露齿，那里还像我初见时的温雅呢？这必是他几日间的痛苦所致的。唉，我们可以想见了！我正在乱想，棺盖已经盖上；唉，韦君，这真是最后一面了！我们从此真无再见之期了！死生之理，我不能懂得，但不能再见是事实，韦君，我们失掉了你，更将从何处觅你呢？

韦君现在一个人睡在刚秉庙的一间破屋里，等着他迢迢千里的老父，天气又这样坏；韦君，你的魂也彷徨着吧！

飘零

一个秋夜，我和P坐在他的小书房里，在晕黄的电灯光下，谈到W的小说。

他还在河南吧？C大学那边很好吧？我随便问着。

不，他上美国去了。

美国？做什么去？

你觉得很奇怪吧？波定谟约翰郝勃金医院打电报约他做助手去。

哦！就是他研究心理学的地方！他在那边成绩总很好？这回去他很愿意吧？

不见得愿意。他动身前到北京来过，我请他在启新吃饭，他很不高兴的样子。

这又为什么呢？

他觉得中国没有他做事的地方。

他回来才一年呢。C大学那边没有钱吧？

不但没有钱，他们说他是疯子！

疯子！

我们默然相对，暂时无话可说。

我想起第一回认识W的名字，是在《新生》杂志上。

那时我在P大学读书，W也在那里。我在《新生》上看见的是他的小说；但一个朋友告诉我，他心理学的书读得真多；P大学图书馆里所有的，他都读了。文学书他也读得不少。他说他是无一刻不读书的。

我第一次见他的面，是在P大学宿舍的走道上；他正和朋友走着。有人告诉我，这就是W了。微曲的背，小而黑的脸，长头发和近视眼，这就是W了。

以后我常常看他的文字，记起他这样一个人。有一回我拿一篇心理学的译文，托一个朋友请他看看。他逐一给我改正了好几十条，不曾放松一个字。永远的惭愧和感谢留在我心里。

我又想到杭州那一晚上。他突然来看我了。他说和P游了三日，明早就要到上海去。他原是山东人；这回来上海，是要上美国去的。我问起哥伦比亚大学的《心理学，哲学，与科学方法》杂志，我知道那是有名的杂志。但他说里面往往一年没有一篇好文章，没有什么意思。他说近来各心理学家在英国开了一个会，有几个人的话有味。他又用铅笔随便的在桌上一本簿子的后面，写了《哲学的科学》一个书名与其出版处，说是新书，可以看看。

他说要走了。我送他到旅馆里。见他床上摊着一本《人生与地理》，随便拿过来翻着。他说这本小书很著名，很好的。我们在晕黄的电灯光下，默然相对了一会，又问答了几句简单的话，我就走了。直到现在，还不曾见过他。

他到美国去后，初时还写了些文字，后来就没有了。他的名字，在一般人心里，已如远处的云烟了。我倒还记着他。两三年以后，才又在《文学日报》上见到他一篇诗，是写一种清趣的。

我只念过他这一篇诗。他的小说我却念过不少；最使我不能忘记的是那篇《雨夜》，是写北京人力车夫的生活的。W是学科学的人，应该很冷静，但他的小说却又很热很热的。

这就是W了。

P也上美国去，但不久就回来了。他在波定谟住了些日子，W是常常见着的。他回国后，有一个热天，和我在南京清凉山上谈起W的事。他说W在研究行为派的心理学。他几乎终日在实验室里；他解剖过许多老鼠，研究它们的行为。P说自己本来也愿意学心理学的；但看了老鼠临终的颤动，他执刀的手便战战的放不下去了。因此只好改行。

而W是奏刀騞然，踌躇满志，P觉得那是不可及的。P又说W研究动物行为既久，看明它们所有的生活，只是那几种生理的欲望，如食欲，性欲，所玩的把戏，毫无什么大道理存乎其间。

因而推想人的生活，也未必别有何种高贵的动机；我们第一要承认我们是动物，这便是真人。W的确是如此做人的。P说他也相信W的话；真的，P回国后的态度是大大的不同了。

W只管做他自己的人，却得着P这样一个信徒，他自己也未必料得着的。

P又告诉我W恋爱的故事。是的，恋爱的故事！

P说这是一个日本人，和W一同研究的，但后来走了，这件事也就完了。P说得如此冷淡，毫不像我们所想的恋爱的故事！

P又曾指出《来日》上W的一篇《月光》给我看。这是一篇小说，叙述一对男女趁着月光在河边一只空船里密谈。那女的是个有夫之妇。这时四无人迹，他俩谈得亲热极了。

但P说W的胆子太小了，所以这一回密谈之后，便撒了手。这篇文字是W自己写的，虽没有如火如荼的热闹，但却别有一种意思。科学与文学，科学与恋爱，这就是W了。

疯子！我这时忽然似乎彻悟了说，也许是的吧？我想。一个人冷而又热，是会变疯子的。

唔，P点头。

他其实大可以不必管什么中国不中国了；偏偏又恋恋不舍的！

是啰。W这回真不高兴。K在美国借了他的钱。这回他到北京，特地老远的跑去和K要钱。K没钱，他也知道；他也并不指望这笔钱用。只想借此去骂他一顿罢了，据说拍了桌子大骂呢！

这与他的写小说一样的道理呀！唉，这就是W了。

P无语，我却想起一件事：

W到美国后有信来么？

长远了，没有信。

我们于是都又默然。

荷塘月色

这几天心里颇不宁静。今晚在院子里坐着乘凉，忽然想起日日走过的荷塘，在这满月的光里，总该另有一番样子吧。月亮渐渐地升高了，墙外马路上孩子们的欢笑，已经听不见了；妻在屋里拍着闰儿，迷迷糊糊地哼着眠歌。我悄悄地披了大衫，带上门出去。

沿着荷塘，是一条曲折的小煤屑路。这是一条幽僻的路；白天也少人走，夜晚更加寂寞。荷塘四面，长着许多树，蓊蓊郁郁的。路的一旁，是些杨柳，和一些不知道名字的树。没有月光的晚上，这路上阴森森的，有些怕人。今晚却很好，虽然月光也还是淡淡的。

路上只我一个人，背着手踱着。这一片天地好像是我的；我也像超出了平常的自己，到了另一世界里。我爱热闹，也爱冷静；爱群居，也爱独处。

像今晚上，一个人在这苍茫的月下，什么都可以想，什么都可以不想，便觉是个自由的人。白天里一定要做的事，一定要说的话，现在都可不理。这是独处的妙处，我且受用这无边的荷香月色好了。

曲曲折折的荷塘上面，弥望的是田田的叶子。叶子出水很高，像亭亭的舞女的裙。层层的叶子中间，零星地点缀着些白花，有袅娜地开着的，有羞涩地打着朵儿的；正如一粒粒的明珠，又如碧天里的星星，又如刚出浴的美人。

微风过处，送来缕缕清香，仿佛远处高楼上渺茫的歌声似的。这时候叶子与花也有一丝的颤动，像闪电般，霎时传过荷塘的那边去了。叶子本是肩并肩密密地挨着，这便宛然有了一道凝碧的波痕。叶子底下是脉脉的流水，遮住了，不能见一些颜色；而叶子却更见风致了。

月光如流水一般，静静地泻在这一片叶子和花上。薄薄的青雾浮起在荷塘里。叶子和花仿佛在牛乳中洗过一样；又像笼着轻纱的梦。虽然是满月，天上却有一层淡淡的云，所以不能朗照；但我以为这恰是到了好处——酣眠固不可少，小睡也别有风味的。

月光是隔了树照过来的，高处丛生的灌木，落下参差的斑驳的黑影，峭楞楞如鬼一般；弯弯的杨柳的稀疏的倩影，却又像是画在荷叶上。塘中的月色并不均匀；但光与影有着和谐的旋律，如梵婀玲上奏着的名曲。

荷塘的四面，远远近近，高高低低都是树，而杨柳最多。这些树将一片荷塘重重围住；只在小路一旁，漏着几段空隙，像是特为月光留下的。树色一例是阴阴的，乍看像一团烟雾；

但杨柳的丰姿，便在烟雾里也辨得出。

树梢上隐隐约约的是一带远山，只有些大意罢了。树缝里也漏着一两点路灯光，没精打采的，是瞌睡人的眼。这时候最热闹的，要数树上的蝉声与水里的蛙声；但热闹是它们的，我什么也没有。

忽然想起采莲的事情来了。采莲是江南的旧俗，似乎很早就有，而六朝时为盛；从诗歌里可以约略知道。采莲的是少年的女子，她们是荡着小船，唱着艳歌去的。采莲人不用说很多，还有看采莲的人。那是一个热闹的季节，也是一个风流的季节。

梁元帝《采莲赋》里说得好：于是妖童媛女，荡舟心许；鹢首徐回，兼传羽杯；櫂将移而藻挂，船欲动而萍开。尔其纤腰束素，迁延顾步；夏始春余，叶嫩花初，恐沾裳而浅笑，畏倾船而敛裾。

可见当时嬉游的光景了。这真是有趣的事，可惜我们现在早已无福消受了。

于是又记起《西洲曲》里的句子：

采莲南塘秋，莲花过人头；低头弄莲子，莲子清如水。今晚若有采莲人，这儿的莲花也算得过人头了；只不见一些流水的影子，是不行的。这令我到底惦着江南了。这样想着，猛一抬头，不觉已是自己的门前；轻轻地推门进去，什么声息也没有，妻已睡熟好久了。

儿女

我现在已是五个儿女的父亲了。想起圣陶喜欢用的蜗牛背了壳的比喻，便觉得不自在。新近一位亲戚嘲笑我说，要剥层皮呢！更有些悚然了。

十年前刚结婚的时候，在胡适之先生的《藏晖室札记》里，见过一条，说世界上有许多伟大的人物是不结婚的；文中并引培根的话，有妻子者，其命定矣。当时确吃了一惊，仿佛梦醒一般；但是家里已是不由分说给娶了媳妇，又有甚么可说？

现在是一个媳妇，跟着来了五个孩子；两个肩头上，加上这么重一副担子，真不知怎样走才好。命定是不用说了；从孩子们那一面说，他们该怎样长大，也正是可以忧虑的事。

我是个彻头彻尾自私的人，做丈夫已是勉强，做父亲更是不成。自然，子孙崇拜，儿童本位的哲理或伦理，我也有些知道；既做着父亲，闭了眼抹杀孩子们的权利，知道是不行的。可惜这只是理论，实际上我是仍旧按照古老的传统，在野蛮地对付着，和普通的父亲一样。近来差不多是中年的人了，才渐渐觉得自己的残酷；想着孩子们受过的体罚和叱责，始终不能辩解——像抚摩着旧创痕那样，我的心酸溜溜的。

有一回，读了有岛武郎《与幼小者》的译文，对了那种伟大的，沉挚的态度，我竟流下泪来了。

去年父亲来信，问起阿九，那时阿九还在白马湖呢；信上说，我没有耽误你，你也不要耽误他才好。我为这句话哭了一场；我为什么不像父亲的仁慈？我不该忘记，父亲怎样待我们来着！人性许真是二元的，我是这样地矛盾；我的心像钟摆似的来去。

你读过鲁迅先生的《幸福的家庭》么？我的便是那一类的幸福的家庭！

每天午饭和晚饭，就如两次潮水一般。先是孩子们你来他去地在厨房与饭间里查看，一面催我或妻发开饭的命令。急促繁碎的脚步，夹着笑和嚷，一阵阵袭来，直到命令发出为止。

他们一递一个地跑着喊着，将命令传给厨房里用人；便立刻抢着回来搬凳子。于是这个说，我坐这儿！那个说，大哥不让我！大哥却说，小妹打我！我给他们调解，说好话。但是他们有时候很固执，我有时候也不耐烦，这便用着叱责了；叱责还不行，不由自主地，我的沉重的手掌便到他们身上了。于是哭的哭，坐的坐，局面才算定了。

接着可又你要大碗，他要小碗，你说红筷子好，他说黑筷子好；这个要干饭，那个要稀饭，要茶要汤，要鱼要肉，要豆腐，要萝卜；你说他菜多，他说你菜好。妻是照例安慰着他们，但这显然是太迂缓了。我是个暴躁的人，怎么等得及？不用说，用老法子将他们立刻征服了；虽然有哭的，不久也就抹着泪捧起碗了。

吃完了，纷纷爬下凳子，桌上是饭粒呀，汤汁呀，骨头呀，渣滓呀，加上纵横的筷子，欹斜的匙子，就如一块花花绿绿的地图模型。

吃饭而外，他们的大事便是游戏。游戏时，大的有大主意，小的有小主意，各自坚持不下，于是争执起来；或者大的欺负了小的，或者小的竟欺负了大的，被欺负的哭着嚷着，到我或妻的面前诉苦；我大抵仍旧要用老法子来判断的，但不理的时候也有。

最为难的，是争夺玩具的时候：这一个的与那一个的是同样的东西，却偏要那一个的；而那一个便偏不答应。在这种情形之下，不论如何，终于是非哭了不可的。这些事件自然不至于天天全有，但大致总有好些起。

我若坐在家里看书或写什么东西，管保一点钟里要分几回心，或站起来一两次的。若是雨天或礼拜日，孩子们在家的多，那么，摊开书竟看不下一行，提起笔也写不出一个字的事，也有过的。

我常和妻说，我们家真是成日的千军万马呀！有时是不但成日，连夜里也有兵马在进行着，在有吃乳或生病的孩子的时候！

我结婚那一年，才十九岁。二十一岁，有了阿九；二十三岁，又有了阿菜。那时我正像一匹野马，那能容忍这些累赘的鞍鞯，辔头，和缰绳？摆脱也知是不行的，但不自觉地时时在摆脱着。现在回想起来，那些日子，真苦了这两个孩子；真是难以宽宥的种种暴行呢！

阿九才两岁半的样子，我们住在杭州的学校里。不知怎地，这孩子特别爱哭，又特别怕生人。一不见了母亲，或来了客，就哇哇地哭起来了。学校里住着许多人，我不能让他扰着他们，而客人也总是常有的；我懊恼极了，有一回，特地骗出了妻，关了门，将他按在地下打了一顿。这件事，妻到现在说起来，还觉得有些不忍；她说我的手太辣了，到底还是两岁半的孩子！我近年常想着那时的光景，也觉黯然。

阿菜在台州，那是更小了；才过了周岁，还不大会走路。也是为了缠着母亲的缘故吧，我将她紧紧地按在墙角里，直哭喊了三四分钟；因此生了好几天病。妻说，那时真寒心呢！但我的苦痛也是真的。

我曾给圣陶写信，说孩子们的折磨，实在无法奈何；有时竟觉着还是自杀的好。这虽是气愤的话，但这样的心情，确也有过的。

后来孩子是多起来了，磨折也磨折得久了，少年的锋棱渐渐地钝起来了；加以增长的年岁增长了理性的裁制力，我能够忍耐了——觉得从前真是一个不成材的父亲，如我给另一个朋友信里所说。但我的孩子们在幼小时，确比别人的特别不安静，我至今还觉如此。我想这大约还是由于我们抚育不得法；从前只一味地责备孩子，让他们代我们负起责任，却未免是可耻的残酷了！

正面意义的幸福，其实也未尝没有。正如谁所说，小的总是可爱，孩子们的小模样，小心眼儿，确有些教人舍不得的。阿毛现在五个月了，你用手指去拨弄她的下巴，或向她做趣脸，她便会张开没牙的嘴格格地笑，笑得像一朵正开的花。她不愿在屋里待着；待久了，便大声儿嚷。妻常说，姑娘又要出去溜达了。她说她像鸟儿般，每天总得到外面溜一些时候。

闰儿上个月刚过了三岁，笨得很，话还没有学好呢。他只能说三四个字的短语或句子，文法错误，发音模糊，又得费气力说出；我们老是要笑他的。他说好字，总变成小字；问他好不好？他便说小，或不小。我们常常逗着他说这个字玩儿；他似乎有些觉得，近来偶然也能说出正确的好字了——特别在我们故意说成小字的时候。他有一只搪瓷碗，是一毛来钱买的；买来时，老妈子教给他，这是一毛钱。他便记住一毛两个字，管那只碗叫一毛，有时竟省称为毛。这在新来的老妈子，是必需翻译了才懂的。他不好意思，或见着生客时，便咧着嘴痴笑；我们常用了土话，叫他做呆瓜。他是个小胖子，短短的腿，走起路来，蹒跚可笑；若快走或跑，便更好看了。他有时学我，将两手叠在背后，一摇一摆的；那是他自己和我们都要乐的。

他的大姊便是阿菜，已是七岁多了，在小学校里念着书。在饭桌上，一定得啰啰唆唆地报告些同学或他们父母的事情；气喘喘地说着，不管你爱听不爱听。说完了总问我：爸爸认识么？爸爸知道么？妻常禁止她吃饭时说话，所以她总是问我。

她的问题真多：看电影便问电影里的是不是人？是不是真人？怎么不说话？看照相也是一样。不知谁告诉她，兵是要打人的。她回来便问，兵是人么？为什么打人？近来大约听了先生的话，回来又问张作霖的兵是帮谁的？蒋介石的兵是不是帮我们的？诸如此类的问题，每天短不了，常常闹得我不知怎样答才行。

她和闰儿在一处玩儿，一大一小，不很合式，老是吵着哭着。但合式的时候也有：譬如这个往床底下躲，那个便钻进去追着；这个钻出来，那个也跟着——从这个床到那个床，只听见笑着，嚷着，喘着，真如妻所说，像小狗似的。

现在在京的，便只有这三个孩子；阿九和转儿是去年北来时，让母亲暂时带回扬州去了。阿九是欢喜书的孩子。他爱看《水浒》《西游记》《三侠五义》《小朋友》等；没有事便捧着书坐着或躺着看。只不欢喜《红楼梦》，说是没有味儿。是的，《红楼梦》的味儿，一个十岁的孩子，哪里能领略呢？

去年我们事实上只能带两个孩子来；因为他大些，而转儿是一直跟着祖母的，便在上海将他俩丢下。我清清楚楚记得那分别的一个早上。我领着阿九从二洋泾桥的旅馆出来，送他到母亲和转儿住着的亲戚家去。妻嘱咐说，买点吃的给他们吧。我们走过四马路，到一家茶食铺里。阿九说要熏鱼，我给买了；又买了饼干，是给转儿的。便乘电车到海宁路。下车时，看着他的害怕与累赘，很觉恻然。到亲戚家，因为就要回旅馆收拾上船，只说了一两句话便出来；转儿望望我，没说什么，阿九是和祖母说什么去了。我回头看了他们一眼，硬着头皮走了。

后来妻告诉我，阿九背地里向她说：我知道爸爸欢喜小妹，不带我上北京去。其实这是冤枉的。他又曾和我们说，暑假时一定来接我啊！我们当时答应着；但现在已是第二个暑假了，他们还在迢迢的扬州待着。他们是恨着我们呢？还是惦着我们呢？妻是一年来老放不下这两个，常常独自暗中流泪；但我有什么法子呢！想到只为家贫成聚散一句无名的诗，不禁有些凄然。

转儿与我较生疏些。但去年离开白马湖时，她也曾用了生硬的扬州话（那时她还没有到过扬州呢），和那特别尖的小嗓子向着我：我要到北京去。她晓得什么北京，只跟着大孩子们说罢了；但当时听着，现在想着的我，却真是抱歉呢。这兄妹俩离开我，原是常事，离开母亲，虽也有过一回，这回可是太长了；小小的心儿，知道是怎样忍耐那寂寞来着！

我的朋友大概都是爱孩子的。少谷有一回写信责备我，说儿女的吵闹，也是很有趣的，何至可厌到如我所说；他说他真不解。子恺为他家华瞻写的文章，真是蔼然仁者之言。

圣陶也常常为孩子操心：小学毕业了，到什么中学好呢？——这样的话，他和我说过两三回了。我对他们只有惭愧！可是近来我也渐渐觉着自己的责任。我想，第一该将孩子们团聚起来，其次便该给他们些力量。

我亲眼见过一个爱儿女的人，因为不曾好好地教育他们，便将他们荒废了。他并不是溺爱，只是没有耐心去料理他们，他们便不能成材了。我想我若照现在这样下去，孩子们也便危险了。我得计划着，让他们渐渐知道怎样去做人才行。但是要不要他们像我自己呢？这一层，我在白马湖教初中学生时，也曾从师生的立场上问过丏尊，他毫不踌躇地说，自然啰。近来与平伯谈起教子，他却答得妙，总不希望比自己坏啰。是的，只要不比自己坏就行，像不像倒是不在乎的。职业，人生观等，还是由他们自己去定的好；自己顶可贵，只要指导，帮助他们去发展自己，便是极贤明的办法。

予同说，我们得让子女在大学毕了业，才算尽了责任。SK说，不然，要看我们的经济，他们的材质与志愿；若是中学毕了业，不能或不愿升学，便去做别的事，譬如做工人吧，那也并非不行的。

自然，人的好坏与成败，也不尽靠学校教育；说是非大学毕业不可，也许只是我们的偏见。在这件事上，我现在毫不能有一定的主意；特别是这个变动不居的时代，知道将来怎样？

好在孩子们还小，将来的事且等将来吧。目前所能做的，只是培养他们基本的力量——胸襟与眼光；孩子们还是孩子们，自然说不上高的远的，慢慢从近处小处下手便了。

这自然也只能先按照我自己的样子：神而明之，存乎其人，光辉也罢，倒楣也罢，平凡也罢，让他们各尽各的力去。我只希望如我所想的，从此好好地做一回父亲，便自称心满意。想到那狂人救救孩子的呼声，我怎敢不悚然自勉呢？

说扬州

我从七岁到扬州，一住十三年，才出来念书。家里是客籍，父亲又是在外省当差事的时候多，所以与当地贤豪长者并无来往。他们的雅事，如访胜，吟诗，赌酒，书画名家，烹调佳味，我那时全没有份，也全不在行。因此虽住了那么多年，并不能做扬州通，是很遗憾的。

记得的只是光复的时候，父亲正病着，让一个高等流氓凭了军政府的名字，敲了一竹杠；还有，在中学的几年里，眼见所谓“甩子团”横行无忌。

“甩子”是扬州方言，有时候指那些“怯”的人，有时候指那些满不在乎的人。“甩子团”不用说是后一类；他们多数是绅宦家子弟，仗着家里或者“帮”里的势力，在各公共场所闹标劲，如看戏不买票，起哄等等，也有包揽词讼，调戏妇女的。更可怪的，大乡绅的仆人可以指挥警察区区长，可以大模大样招摇过市——这都是民国五六年的事，并非前清君主专制时代。自己当时血气方刚，看了一肚子气；可是人微言轻，也只好让那口气憋着罢了。

从前扬州是个大地方，如曹先生那文所说；现在盐务不行了，简直就算个没“落儿”的小城。

可是一般人还忘其所以地要气派，自以为美，几乎不知天多高地多厚。这真是所谓“夜郎自大”了。扬州人有“扬虚子”的名字；这个“虚子”有两种意思，一是大惊小怪，二是以少报多，总而言之，不离乎虚张声势的毛病。他们还有个“扬盘”的名字，譬如东西买贵了，人家可以笑话你是“扬盘”；又如店家价钱要的太贵，你可以诘问他，“把我当扬盘看么？”盘是捧出来给别人看的，正好形容要气派的扬州人。又有所谓“商派”，讥笑那些仿效盐商的奢侈生活的人，那更是气派中之气派了。但是这里只就一般情形说，刻苦诚笃的君子自然也有；我所敬爱的朋友中，便不缺乏扬州人。

提起扬州这地名，许多人想到的是出女人的地方。但是我长到那么大，从来不曾在街上见过一个出色的女人，也许那时女人还少出街吧？不过从前人所谓“出女人”，实在指姨太太与妓女而言；那个“出”字就和出羊毛，出苹果的“出”字一样。《陶庵梦忆》里有“扬州瘦马”一节，就记的这类事；但是我毫无所知。不过纳妾与狎妓的风气渐渐衰了，“出女人”那句话怕迟早会失掉意义的吧。

另有许多人想，扬州是吃得好的地方。这个保你没错儿。北平寻常提到江苏菜，总想着是甜甜的腻腻的。现在有了淮扬菜，才知道江苏菜也有不甜的；但还以为油重，和山东菜的清淡不同。其实真正油重的是镇江菜，上桌子常教你腻得无可奈何。扬州菜若是让盐商家的厨子做起来，虽不到山东菜的清淡，却也滋润，利落，决不腻嘴腻舌。不但味道鲜美，颜色也清丽悦目。扬州又以面馆著名。好在汤味醇美，是所谓白汤，由种种出汤的东西如鸡鸭鱼肉等熬成，好在它的厚，和啖熊掌一般。也有清汤，就是一味鸡汤，倒并不出奇。内行的人吃面要“大煮”；普通将面挑在碗里，浇上汤，“大煮”是将面在汤里煮一会，更能入味些。

扬州最著名的是茶馆；早上去下午去都是满满的。吃的花样最多。坐定了沏上茶，便有卖零碎的来兜揽，手臂上挽着一个黯病的柳条筐，筐子里摆满了一些小蒲包分放着瓜子花生炒盐豆之类。又有炒白果的，在担子上铁锅爆着白果，一片铲子的声音。得先告诉他，才给你炒。炒得壳子爆了，露出黄亮的仁儿，铲在铁丝罩里送过来，又热又香。还有卖五香牛肉的，让他抓一些，摊在干荷叶上；叫茶房拿点好麻酱油来，拌上慢慢地吃，也可向卖零碎的买些白酒，扬州普通都喝白酒。这才叫茶房烫干丝。

北平现在吃干丝，都是所谓煮干丝；那是很浓的，当菜很好，当点心却未必合式。烫干丝先将一大块方的白豆腐干飞快地切成薄片，再切为细丝，放在小碗里，用开水一浇，干丝便熟了；逼去了水，抟成圆锥似的，再倒上麻酱油，搁一撮虾米和干笋丝在尖儿，就成。说时迟，那时快，刚瞧着在切豆腐干，一眨眼已端来了。烫干丝就是清得好，不妨碍你吃别的。

接着该要小笼点心。北平淮扬馆子出卖的汤包，诚哉是好，在扬州却少见；那实在是淮阴的名字，扬州不该掠美。

扬州的小笼点心，肉馅儿的，蟹肉馅儿的，笋肉馅儿的且不用说，最可口的是菜包子菜烧卖，还有干菜包子。菜选那最嫩的，剁成泥，加一点儿糖一点儿油，蒸得白生生的，热腾腾的，到口轻松地化去，留下一丝儿余味。干菜也是切碎，也是加一点儿糖和油，燥湿恰到好处；细细地咬嚼，可以嚼出一点橄榄般的回味来。这么着每样吃点儿也并不太多。要是有饭局，还尽可以从容地去。但是要老资格的茶客才能这样有分寸；偶尔上一回茶馆的本地人外地人，却总忍不住狼吞虎咽，到了儿捧着肚子走出。

扬州游览以水为主，以船为主，已另有文记过，此处从略。城里城外古迹很多，如“文选楼”，“天保城”，“雷塘”，“二十四桥”等，却很少人留意；大家常去的只是史可法的“梅花岭”罢了。倘若有相当的假期，邀上两三个人去寻幽访古倒有意思；自然，得带点花生米，五香牛肉，白酒。

看花

生长在大江北岸一个城市里，那儿的园林本是著名的，但近来却很少；似乎自幼就不曾听见过我们今天看花去一类话，可见花事是不盛的。有些爱花的人，大都只是将花栽在盆里，一盆盆搁在架上；架子横放在院子里。院子照例是小小的，只够放下一个架子；架上至多搁二十多盆花罢了。有时院子里依墙筑起一座花台，台上种一株开花的树；也有在院子里地上种的。但这只是普通的点缀，不算是爱花。

家里人似乎都不甚爱花；父亲只在领我们上街时，偶然和我们到花房里去过一两回。但我们住过一所房子，有一座小花园，是房东家的。那里有树，有花架（大约是紫藤花架之类），但我当时还小，不知道那些花木的名字；只记得爬在墙上的是蔷薇而已。园中还有一座太湖石堆成的洞门；现在想来，似乎也还好的。在那时由一个顽皮的少年仆人领了我去，却只知道跑来跑去捉蝴蝶；有时掐下几朵花，也只是随意挼弄着，随意丢弃了。至于领略花的趣味，那是以后的事。

夏天的早晨，我们那地方有乡下的姑娘在各处街巷，沿门叫着，卖栀子花来。栀子花不是什么高品，但我喜欢那白而晕黄的颜色和那肥肥的个儿，正和那些卖花的姑娘有着相似的韵味。栀子花的香，浓而不烈，清而不淡，也是我乐意的。我这样便爱起花来了。也许有人会问，你爱的不是花吧？这个我自己其实也已不大弄得清楚，只好存而不论了。

在高小的一个春天，有人提议到城外F寺里吃桃子去，而且预备白吃；不让吃就闹一场，甚至打一架也不在乎。那时虽远在五四运动以前，但我们那里的中学生却常有打进戏园看白戏的事。中学生能白看戏，小学生为什么不能白吃桃子呢？我们都这样想，便由那提议人纠合了十几个同学，浩浩荡荡地向城外而去。

到了F寺，气势不凡地呵叱着道人们（我们称寺里的工人为道人），立刻领我们向桃园里去。道人们踌躇着说：现在桃树刚才开花呢。但是谁信道人们的话？我们终于到了桃园里。大家都丧了气，原来花是真开着呢！这时提议人P君便去折花。道人们是一直步步跟着的，立刻上前劝阻，而且用起手来。但P君是我们中最不好惹的；说时迟，那时快，一眨眼，花在他的手里，道人已踉跄在一旁了。那一园子的桃花，想来总该有些可看；我们却谁也没有想着去看。只嚷着，没有桃子，得沏茶喝！道人们满肚子委屈地引我们到方丈里，大家各喝一大杯茶。这才平了气，谈谈笑笑地进城去。大概我那时还只懂得爱一朵朵的栀子花，对于开在树上的桃花，是并不了然的；所以眼前的机会，便从眼前错过了。

以后渐渐念了些看花的诗，觉得看花颇有些意思。但到北平读了几年书，却只到过崇效寺一次；而去得又嫌早些，那有名的一株绿牡丹还未开呢。北平看花的事很盛，看花的地方也很多；但那时热闹的似乎也只有一班诗人名士，其余还是不相干的。那正是新文学运动的起头，我们这些少年，对于旧诗和那一班诗人名士，实在有些不敬；而看花的地方又都远不可言，我是一个懒人，便干脆地断了那条心了。

后来到杭州做事，遇见了Y君，他是新诗人兼旧诗人，看花的兴致很好。我和他常到孤山去看梅花。孤山的梅花是古今有名的，但太少；又没有临水的，人也太多。有一回坐在放鹤亭上喝茶，来了一个方面有须，穿着花缎马褂的人，用湖南口音和人打招呼道，梅花盛开嗒！盛字说得特别重，使我吃了一惊；但我吃惊的也只是说在他嘴里盛这个声音罢了，花的盛不盛，在我倒并没有什么的。

有一回，Y来说，灵峰寺有三百株梅花；寺在山里，去的人也少。我和Y，还有N君，从西湖边雇船到岳坟，从岳坟入山。曲曲折折走了好一会，又上了许多石级，才到山上寺里。寺甚小，梅花便在大殿西边园中。

园也不大，东墙下有三间净室，最宜喝茶看花；北边有座小山，山上有亭，大约叫望海亭吧，望海是未必，但钱塘江与西湖是看得见的。梅树确是不少，密密地低低地整列着。那时已是黄昏，寺里只我们三个游人；梅花并没有开，但那珍珠似的繁星似的骨都儿，已经够可爱了；我们都觉得比孤山上盛开时有味。大殿上正做晚课，送来梵呗的声音，和着梅林中的暗香，真叫我们舍不得回去。

在园里徘徊了一会，又在屋里坐了一会，天是黑定了，又没有月色，我们向庙里要了一个旧灯笼，照着下山。路上几乎迷了道，又两次三番地狗咬；我们的Y诗人确有些窘了，但终于到了岳坟。船夫远远迎上来道：你们来了，我想你们不会冤我呢！在船上，我们还不离口地说着灵峰的梅花，直到湖边电灯光照到我们的眼。

Y回北平去了，我也到了白马湖。那边是乡下，只有沿湖与杨柳相间着种了一行小桃树，春天花发时，在风里娇媚地笑着。还有山里的杜鹃花也不少。这些日日在我们眼前，从没有人像煞有介事地提议，我们看花去。但有一位S君，却特别爱养花；他家里几乎是终年不离花的。我们上他家去，总看他在那里不是拿着剪刀修理枝叶，便是提着壶浇水。我们常乐意看着。他院子里一株紫薇花很好，我们在花旁喝酒，不知多少次。白马湖住了不过一年，我却传染了他那爱花的嗜好。但重到北平时，住在花事很盛的清华园里，接连过了三个春，却从未想到去看一回。只在第二年秋天，曾经和孙三先生在园里看过几次菊花。清华园之菊是著名的，孙三先生还特地写了一篇文，画了好些画。但那种一盆一干一花的养法，花是好了，总觉没有天然的风趣。

直到去年春天，有了些余闲，在花开前，先向人问了些花的名字。一个好朋友是从知道姓名起的，我想看花也正是如此。恰好Y君也常来园中，我们一天三四趟地到那些花下去徘徊。今年Y君忙些，我便一个人去。我爱繁花老干的杏，临风婀娜的小红桃，贴梗累累如珠的紫荆；但最恋恋的是西府海棠。海棠的花繁得好，也淡得好；艳极了，却没有一丝荡意。疏疏的高干子，英气隐隐逼人。可惜没有趁着月色看过；王鹏运有两句词道：只愁淡月朦胧影，难验微波上下潮。我想月下的海棠花，大约便是这种光景吧。

为了海棠，前两天在城里特地冒了大风到中山公园去，看花的人倒也不少；但不知怎的，却忘了畿辅先哲祠。Y告我那里的一株，遮住了大半个院子；别处的都向上长，这一株却是横里伸张的。花的繁没有法说；海棠本无香，昔人常以为恨，这里花太繁了，却酝酿出一种淡淡的香气，使人久闻不倦。

Y告诉我，正是刮了一日还不息的狂风的晚上；他是前一天去的。他说他去时地上已有落花了，这一日一夜的风，准完了。他说北平看花，是要赶着看的，春光太短了，又晴的日子多；今年算是有阴的日子了，但狂风还是逃不了的。我说北平看花，比别处有意思，也正在此。这时候，我似乎不甚菲薄那一班诗人名士了。

我所见的叶圣陶

我第一次与圣陶见面是在民国十年的秋天。那时刘延陵兄介绍我到吴淞炮台湾中国公学教书。到了那边，他就和我说：“叶圣陶也在这儿。”我们都念过圣陶的小说，所以他这样告我。我好奇地问道：“怎样一个人？”出乎我的意外，他回答我：“一位老先生哩。”但是延陵和我去访问圣陶的时候，我觉得他的年纪并不老，只那朴实的服色和沉默的风度与我们平日所想象的苏州少年文人叶圣陶不甚符合罢了。

记得见面的那一天是一个阴天。我见了生人照例说不出话；圣陶似乎也如此。我们只谈了几句关于作品的泛泛的意见，便告辞了。延陵告诉我每星期六圣陶总回甪直去；他很爱他的家。他在校时常邀延陵出去散步；我因与他不熟，只独自坐在屋里。

不久，中国公学忽然起了风潮。我向延陵说起一个强硬的办法，实在是一个笨而无聊的办法！我说只怕叶圣陶未必赞成。但是出乎我的意外，他居然赞成了！后来细想他许是有意优容我们吧，这真是老大哥的态度呢。我们的办法天然是失败了，风潮延宕下去，于是大家都住到上海来。我和圣陶差不多天天见面；同时又认识了西谛，予同诸兄。这样经过了一个月，这一个月实在是我的很好的日子。

我看出圣陶始终是个寡言的人。大家聚谈的时候，他总是坐在那里听着。他却并不是喜欢孤独，他似乎老是那么有味地听着。至于与人独对的时候，自然多少要说些话，但辩论是不来的。他觉得辩论要开始了，往往微笑着说："这个弄不大清楚了。"这样就过去了。他又是个极和易的人，轻易看不见他的怒色。他辛辛苦苦保存着的《晨报》副张，上面有他自己的文字的，特地从家里捎来给我看；让我随便放在一个书架上，给散失了。当他和我同时发见这件事时，他只略露惋惜的颜色，随即说："由他去末哉，由他去末哉！"我是至今惭愧着，因为我知道他作文是不留稿的。他的和易出于天性，并非阅历世故，矫揉造作而成。他对于世间妥协的精神是极厌恨的。在这一月中，我看见他发过一次怒；——始终我只看见他发过这一次怒——那便是对于风潮的妥协论者的蔑视。

风潮结束了，我到杭州教书。那边学校当局要我约圣陶去。圣陶来信说："我们要痛痛快快游西湖，不管这是冬天。"他来了，教我上车站去接。我知道他到了车站这一类地方，是会觉得寂寞的。他的家实在太好了，他的衣着，一向都是家里管。我常想，他好像一个小孩子；像小孩子的天真，也像小孩子的离不开家里人。必须离开家里人时，他也得找些熟朋友伴着；孤独在他简直是有些可怕的。所以他到校时，本来是独住一屋的，却愿意将那间屋做我们两人的卧室，而将我那间做书室。这样可以常常相伴；我自然也乐意，我们不时到西湖边去；有时下湖，有时只喝喝酒。在校时各据一桌，我只预备功课，他却老是写小说和童话。初到时，学校当局来看过他。第二天，我问他，“要不要去看看他们？”他皱眉道：“一定要去么？等一天吧。”后来始终没有去。他是最反对形式主义的。

那时他小说的材料，是旧日的储积；童话的材料有时却是片刻的感兴。如《稻草人》中《大喉咙》一篇便是。那天早上，我们都醒在床上，听见工厂的汽笛；他便说：“今天又有一篇了，我已经想好了，来的真快呵。”那篇的艺术很巧，谁想他只是片刻的构思呢！他写文字时，往往拈笔伸纸，便手不停挥地写下去，开始及中间，停笔踌躇时绝少。他的稿子极清楚，每页至多只有三五个涂改的字。他说他从来是这样的。每篇写毕，我自然先睹为快；他往往称述结尾的适宜，他说对于结尾是有些把握的。看完，他立即封寄《小说月报》；照例用平信寄。我总劝他挂号；但他说：“我老是这样的。”他在杭州不过两个月，写的真不少，教人羡慕不已。《火灾》里从《饭》起到《风潮》这七篇，还有《稻草人》中一部分，都是那时我亲眼看他写的。

在杭州待了两个月，放寒假前，他便匆匆地回去了；他实在离不开家，临去时让我告诉学校当局，无论如何不回来了。

但他却到北平住了半年，也是朋友拉去的。我前些日子偶翻十一年的《晨报副刊》，看见他那时途中思家的小诗，重念了两遍，觉得怪有意思。北平回去不久，便入了商务印书馆编译部，家也搬到上海。从此在上海待下去，直到现在，中间又被朋友拉到福州一次，有一篇《将离》抒写那回的别恨，是缠绵悱恻的文字。这些日子，我在浙江乱跑，有时到上海小住，他常请了假和我各处玩儿或喝酒。有一回，我便住在他家，但我到上海，总爱出门，因此他老说没有能畅谈。他写信给我，老说这回来要畅谈几天才行。

十六年一月，我接眷北来，路过上海，许多熟朋友和我饯行，圣陶也在。那晚我们痛快地喝酒，发议论；他是照例地默着。酒喝完了，又去乱走，他也跟着。到了一处，朋友们和他开了个小玩笑；他脸上略露窘意，但仍微笑地默着。圣陶不是个浪漫的人；在一种意义上，他正是延陵所说的“老先生”。但他能了解别人，能谅解别人，他自己也能“作达”，所以仍然——也许格外——是可亲的。那晚快夜半了，走过爱多亚路，他向我诵周美成的词，“酒已都醒，如何消夜永！”我没有说什么；那时的心情，大约也不能说什么的。我们到一品香又消磨了半夜。这一回特别对不起圣陶；他是不能少睡觉的人。他家虽住在上海，而起居还依着乡居的日子；早七点起，晚九点睡。有一回我九点十分去，他家已熄了灯，关好门了。这种自然的，有秩序的生活是对的。那晚上伯祥说：“圣兄明天要不舒服了。”想起来真是不知要怎样感谢才好。

第二天我便上船走了，一眨眼三年半，没有上南方去。信也很少，却全是我的懒。我只能从圣陶的小说里看出他心境的迁变；这个我要留在另一文中说。圣陶这几年里似乎到十字街头走过一趟，但现在怎么样呢？我却不甚了然。他从前晚饭时总喝点酒，“以半醺为度”；近来不大能喝酒了，却学了吹笛——前些日子说已会一出《八阳》，现在该又会了别的了吧。他本来喜欢看看电影，现在又喜欢听听昆曲了。但这些都不是“厌世”，如或人所说的；圣陶是不会厌世的，我知道。又，他虽会喝酒，加上吹笛，却不曾抽什么“上等的纸烟”，也不曾住过什么“小小别墅”，如或人所想的，这个我也知道。

给亡妇

谦，日子真快，一眨眼你已经死了三个年头了。这三年里世事不知变化了多少回，但你未必注意这些个，我知道。你第一惦记的是你几个孩子，第二便轮着我。孩子和我平分你的世界，你在日如此；你死后若还有知，想来还如此的。告诉你，我夏天回家来着：迈儿长得结实极了，比我高一个头。闰儿父亲说是最乖，可是没有先前胖了。采芷和转子都好。五儿全家夸她长得好看；却在腿上生了湿疮，整天坐在竹床上不能下来，看了怪可怜的。六儿，我怎么说好，你明白，你临终时也和母亲谈过，这孩子是只可以养着玩儿的，他左挨右挨去年春天，到底没有挨过去。

这孩子生了几个月，你的肺病就重起来了。我劝你少亲近他，只监督着老妈子照管就行。你总是忍不住，一会儿提，一会儿抱的。可是你病中为他操的那一份儿心也够瞧的。那一个夏天他病的时候多，你成天儿忙着，汤呀，药呀，冷呀，暖呀，连觉也没有好好儿睡过。那里有一分一毫想着你自己。瞧着他硬朗点儿你就乐，干枯的笑容在黄蜡般的脸上，我只有暗中叹气而已。

从来想不到做母亲的要像你这样。从迈儿起，你总是自己喂乳，一连四个都这样。你起初不知道按钟点儿喂，后来知道了，却又弄不惯；孩子们每夜里几次将你哭醒了，特别是闷热的夏季。我瞧你的觉老没睡足。白天里还得做菜，照料孩子，很少得空儿。你的身子本来坏，四个孩子就累你七八年。到了第五个，你自己实在不成了，又没乳，只好自己喂奶粉，另雇老妈子专管她。但孩子跟老妈子睡，你就没有放过心；夜里一听见哭，就竖起耳朵听，工夫不大就得过去看。

十六年初，和你到北京来，将迈儿，转子留在家里；三年多还不能去接他们，可真把你惦记苦了。你并不常提，我却明白。你后来说你的病就是惦记出来的；那个自然也有份儿，不过大半还是养育孩子累的。

你的短短的十二年结婚生活，有十一年耗费在孩子们身上；而你一点不厌倦，有多少力量用多少，一直到自己毁灭为止。你对孩子一般儿爱，不问男的女的，大的小的。也不想到什么“养儿防老，积谷防饥”，只拼命的爱去。你对于教育老实说有些外行，孩子们只要吃得好玩得好就成了。这也难怪你，你自己便是这样长大的。况且孩子们原都还小，吃和玩本来也要紧的。你病重的时候最放不下的还是孩子。病的只剩皮包着骨头了，总不信自己不会好；老说：“我死了，这一大群孩子可苦了。”后来说送你回家，你想着可以看见迈儿和转子，也愿意；你万不想到会一走不返的。我送车的时候，你忍不住哭了，说：“还不知能不能再见？”可怜，你的心我知道，你满想着好好儿带着六个孩子回来见我的。谦，你那时一定这样想，一定的。

除了孩子，你心里只有我。不错，那时你父亲还在；可是你母亲死了，他另有个女人，你老早就觉得隔了一层似的。出嫁后第一年你虽还一心一意依恋着他老人家，到第二年上我和孩子可就将你的心占住，你再没有多少工夫惦记他了。你还记得第一年我在北京，你在家里。家里来信说你待不住，常回娘家去。我动气了，马上写信责备你。你教人写了一封覆信，说家里有事，不能不回去。这是你第一次也可以说第末次的抗议，我从此就没给你写信。暑假时带了一肚子主意回去，但见了面，看你一脸笑，也就拉倒了。打这时候起，你渐渐从你父亲的怀里跑到我这儿。你换了金镯子帮助我的学费，叫我以后还你；但直到你死，我没有还你。你在我家受了许多气，又因为我家的缘故受你家里的气，你都忍着。这全为的是我，我知道。

那回我从家乡一个中学半途辞职出走。家里人讽你也走。哪里走！只得硬着头皮往你家去。那时你家像个冰窖子，你们在窖里足足住了三个月。好容易我才将你们领出来了，一同上外省去。小家庭这样组织起来了。你虽不是什么阔小姐，可也是自小娇生惯养的，做起主妇来，什么都得干一两手；你居然做下去了，而且高高兴兴地做下去了。菜照例满是你做，可是吃的都是我们；你至多夹上两三筷子就算了。你的菜做得不坏，有一位老在行大大地夸奖过你。你洗衣服也不错，夏天我的绸大褂大概总是你亲自动手。你在家老不乐意闲着；坐前几个“月子”，老是四五天就起床，说是躺着家里事没条没理的。其实你起来也还不是没条理；咱们家那么多孩子，哪儿来条理？

在浙江住的时候，逃过两回兵难，我都在北平。真亏你领着母亲和一群孩子东藏西躲的；末一回还要走多少里路，翻一道大岭。这两回差不多只靠你一个人。你不但带了母亲和孩子们，还带了我一箱箱的书；你知道我是最爱书的。在短短的十二年里，你操的心比人家一辈子还多；谦，你那样身子怎么经得住！你将我的责任一股脑儿担负了去，压死了你；我如何对得起你！

你为我的劳什子书也费了不少神；第一回让你父亲的男用人从家乡捎到上海去。他说了几句闲话，你气得在你父亲面前哭了。第二回是带着逃难，别人都说你傻子。你有你的想头：“没有书怎么教书？况且他又爱这个玩意儿。”其实你没有晓得，那些书丢了也并不可惜；不过教你怎么晓得，我平常从来没和你谈过这些个！总而言之，你的心是可感谢的。这十二年里你为我吃的苦真不少，可是没有过几天好日子。

我们在一起住，算来也还不到五个年头。无论日子怎么坏，无论是离是合，你从来没对我发过脾气，连一句怨言也没有。别说怨我，就是怨命也没有过。老实说，我的脾气可不大好，迁怒的事儿有的是。那些时候你往往抽噎着流眼泪，从不回嘴，也不号啕。不过我也只信得过你一个人，有些话我只和你一个人说，因为世界上只你一个人真关心我，真同情我。你不但为我吃苦，更为我分苦；我之有我现在的精神，大半是你给我培养着的。

这些年来我很少生病。但我最不耐烦生病，生了病就呻吟不绝，闹那伺候病的人。你是领教过一回的，那回只一两点钟，可是也够麻烦了。你常生病，却总不开口，挣扎着起来；一来怕搅我，二来怕没人做你那份儿事。我有一个坏脾气，怕听人生病，也是真的。后来你天天发烧，自己还以为南方带来的疟疾，一直瞒着我。明明躺着，听见我的脚步，一骨碌就坐起来。我渐渐有些奇怪，让大夫一瞧，这可糟了，你的一个肺已烂了一个大窟窿了！大夫劝你到西山去静养，你丢不下孩子，又舍不得钱；劝你在家里躺着，你也丢不下那份儿家务。越看越不行了，这才送你回去。明知凶多吉少，想不到只一个月工夫你就完了！本来盼望还见得着你，这一来可拉倒了。你也何尝想到这个？父亲告诉我，你回家独住着一所小住宅，还嫌没有客厅，怕我回去不便哪。

前年夏天回家，上你坟上去了。你睡在祖父母的下首，想来还不孤单的。只是当年祖父母的坟太小了，你正睡在圹底下。这叫做“抗圹”，在生人看来是不安心的；等着想办法哪。那时圹上圹下密密地长着青草，朝露浸湿了我的布鞋。你刚埋了半年多，只有圹下多出一块土，别的全然看不出新坟的样子。我和隐今夏回去，本想到你的坟上来；因为她病了没来成。我们想告诉你，五个孩子都好，我们一定尽心教养他们，让他们对得起死了的母亲——你！谦，好好儿放心安睡吧，你。

谈抽烟

有人说，“抽烟有什么好处？还不如吃点口香糖，甜甜的，倒不错。”不用说，你知道这准是外行。口香糖也许不错，可是喜欢的怕是女人孩子居多；男人很少赏识这种玩意儿的；除非在美国，那儿怕有些个例外。一块口香糖得咀嚼老半天，还是嚼不完，凭你怎么斯文，那朵颐的样子，总遮掩不住，总有点儿不雅相。这其实不像抽烟，倒像衔橄榄。你见过衔着橄榄的人？腮帮子上凸出一块，嘴里不时地滋儿滋儿的。抽烟可用不着这么费劲；烟卷儿尤其省事，随便一叼上，悠然的就吸起来，谁也不来注意你。

抽烟说不上是什么味道；勉强说，也许有点儿苦吧。但抽烟的不稀罕那“苦”而稀罕那“有点儿”。他的嘴太闷了，或者太闲了，就要这么点儿来凑个热闹，让他觉得嘴还是他的。嚼一块口香糖可就太多，甜甜的，够多腻味；而且有了糖也许便忘记了“我”。

抽烟其实是个玩意儿。就说抽卷烟吧，你打开匣子或罐子，抽出烟来，在桌上顿几下，衔上，擦洋火，点上。这其间每一个动作都带股劲儿，像做戏一般。自己也许不觉得，但到没有烟抽的时候，便觉得了。那时候你必然闲得无聊；特别是两只手，简直没放处。再说那吐出的烟，袅袅地缭绕着，也够你一回两回地捉摸；它可以领你走到顶远的地方去。——即便在百忙当中，也可以让你轻松一忽儿。所以老于抽烟的人，一叼上烟，真能悠然遐想。他霎时间是个自由自在的身子，无论他是靠在沙发上的绅士，还是蹲在台阶上的瓦匠。有时候他还能够叼着烟和人说闲话；自然有些含含糊糊的，但是可喜的是那满不在乎的神气。这些大概也算是游戏三昧吧。

好些人抽烟，为的有个伴儿。譬如说一个人单身住在北平，和朋友在一块儿，倒是有说有笑的，回家来，空屋子像水一样。这时候他可以摸出一支烟抽起来，借点儿暖气。黄昏来了，屋子里的东西只剩些轮廓，暂时懒得开灯，也可以点上一支烟，看烟头上的火一闪一闪的，像亲密的低语，只有自己听得出。要是生气，也不妨迁怒一下，使劲儿吸他十来口。客来了，若你倦了说不得话，或者找不出可说的，干坐着岂不着急？这时候最好拈起一支烟将嘴堵上等你对面的人。若是他也这么办，便尽时间在烟子里爬过去。各人抓着一个新伴儿，大可以盘桓一会的。

从前抽水烟旱烟，不过一种不伤大雅的嗜好，现在抽烟却成了派头。抽烟卷儿指头黄了，由它去。用烟嘴不独麻烦，也小气，又跟烟隔得那么老远的。今儿大褂上一个窟窿，明儿坎肩上一个，由他去。一支烟里的尼古丁可以毒死一个小麻雀，也由它去。总之，别别扭扭的，其实也还是个“满不在乎”罢了。烟有好有坏，味有浓有淡，能够辨味的是内行，不择烟而抽的是大方之家。

冬天

说起冬天，忽然想到豆腐。是一“小洋锅”（铝锅）白煮豆腐，热腾腾的。水滚着，像好些鱼眼睛，一小块一小块豆腐养在里面，嫩而滑，仿佛反穿的白狐大衣。锅在“洋炉子”（煤油不打气炉）上，和炉子都熏得乌黑乌黑，越显出豆腐的白。这是晚上，屋子老了，虽点着“洋灯”，也还是阴暗。围着桌子坐的是父亲跟我们哥儿三个。

“洋炉子”太高了，父亲得常常站起来，微微地仰着脸，觑着眼睛，从氤氲的热气里伸进筷子，夹起豆腐，一一地放在我们的酱油碟里。我们有时也自己动手，但炉子实在太高了，总还是坐享其成的多。这并不是吃饭，只是玩儿。父亲说晚上冷，吃了大家暖和些。我们都喜欢这种白水豆腐；一上桌就眼巴巴望着那锅，等着那热气，等着热气里从父亲筷子上掉下来的豆腐。

又是冬天，记得是阴历十一月十六晚上，跟S君P君在西湖里坐小划子。S君刚到杭州教书，事先来信说：“我们要游西湖，不管它是冬天。”那晚月色真好，现在想起来还像照在身上。本来前一晚是“月当头”；也许十一月的月亮真有些特别吧。那时九点多了，湖上似乎只有我们一只划子。有点风，月光照着软软的水波；当间那一溜儿反光，像新砑的银子。湖上的山只剩了淡淡的影子。山下偶尔有一两星灯火。S君口占两句诗道：“数星灯火认渔村，淡墨轻描远黛痕。”我们都不大说话，只有均匀的桨声。我渐渐地快睡着了。P君“喂”了一下，才抬起眼皮，看见他在微笑。船夫问要不要上净寺去；是阿弥陀佛生日，那边蛮热闹的。到了寺里，殿上灯烛辉煌，满是佛婆念佛的声音，好像醒了一场梦。这已是十多年前的事了，S君还常常通着信，P君听说转变了好几次，前年是在一个特税局里收特税了，以后便没有消息。

在台州过了一个冬天，一家四口子。台州是个山城，可以说在一个大谷里。只有一条二里长的大街。别的路上白天简直不大见人；晚上一片漆黑。偶尔人家窗户里透出一点灯光，还有走路的拿着的火把；但那是少极了。我们住在山脚下。有的是山上松林里的风声，跟天上一只两只的鸟影。夏末到那里，春初便走，却好像老在过着冬天似的；可是即便真冬天也并不冷。我们住在楼上，书房临着大路；路上有人说话，可以清清楚楚地听见。但因为走路的人太少了，间或有点说话的声音，听起来还只当远风送来的，想不到就在窗外。我们是外路人，除上学校去之外，常只在家里坐着。妻也惯了那寂寞，只和我们爷儿们守着。外边虽老是冬天，家里却老是春天。有一回我上街去，回来的时候，楼下厨房的大方窗开着，并排地挨着她们母子三个；三张脸都带着天真微笑地向着我。似乎台州空空的，只有我们四人；天地空空的，也只有我们四人。那时是民国十年，妻刚从家里出来，满自在。现在她死了快四年了，我却还老记着她那微笑的影子。

无论怎么冷，大风大雪，想到这些，我心上总是温暖的。

择偶记

自己是长子长孙，所以不到十一岁就说起媳妇来了。那时对于媳妇这件事简直茫然，不知怎么一来，就已经说上了。是曾祖母娘家人，在江苏北部一个小县份的乡下住着。家里人都在那里住过很久，大概也带着我；只是太笨了，记忆里没有留下一点影子。

祖母常常躺在烟榻上讲那边的事，提着这个那个乡下人的名字。起初一切都像只在那白腾腾的烟气里。日子久了，不知不觉熟悉起来了，亲昵起来了。除了住的地方，当时觉得那叫做“花园庄”的乡下实在是最有趣的地方了。因此听说媳妇就定在那里，倒也仿佛理所当然，毫无意见。每年那边田上有人来，蓝布短打扮，衔着旱烟管，带好些大麦粉，白薯干儿之类。他们偶然也和家里人提到那位小姐，大概比我大四岁，个儿高，小脚；但是那时我热心的其实还是那些大麦粉和白薯干儿。

记得是十二岁上，那边捎信来，说小姐痨病死了。家里并没有人叹惜；大约他们看见她时她还小，年代一多，也就想不清是怎样一个人了。父亲其时在外省做官，母亲颇为我亲事着急，便托了常来做衣服的裁缝做媒。为的是裁缝走的人家多，而且可以看见太太小姐。主意并没有错，裁缝来说一家人家，有钱，两位小姐，一位是姨太太生的；他给说的是正太太生的大小姐。他说那边要相亲。母亲答应了，定下日子，由裁缝带我上茶馆。

记得那是冬天，到日子母亲让我穿上枣红宁绸袍子，黑宁绸马褂，戴上红帽结儿的黑缎瓜皮小帽，又叮嘱自己留心些。茶馆里遇见那位相亲的先生，方面大耳，同我现在年纪差不多，布袍布马褂，像是给谁穿着孝。这个人倒是慈祥的样子，不住地打量我，也问了些念什么书一类的话。回来裁缝说人家看得很细：说我的“人中”长，不是短寿的样子，又看我走路，怕脚上有毛病。总算让人家看中了，该我们看人家了。

母亲派亲信的老妈子去。老妈子的报告是，大小姐个儿比我大得多，坐下去满满一圈椅；二小姐倒苗苗条条的，母亲说胖了不能生育，像亲戚里谁谁谁；教裁缝说二小姐。那边似乎生了气，不答应，事情就搁了。

母亲在牌桌上遇见一位太太，她有个女儿，透着聪明伶俐。母亲有了心，回家说那姑娘和我同年，跳来跳去的，还是个孩子。隔了些日子，便托人探探那边口气。那边做的官似乎比父亲的更小，那时正是光复的前年，还讲究这些，所以他们乐意做这门亲。

事情已到九成九，忽然出了岔子。本家叔祖母用的一个寡妇老妈子熟悉这家子的事，不知怎么教母亲打听着了。叫她来问，她的话遮遮掩掩的。到底问出来了，原来那小姑娘是抱来的，可是她一家很宠她，和亲生的一样。母亲心冷了。过了两年，听说她已生了痨病，吸上鸦片烟了。母亲说，幸亏当时没有定下来。我已懂得一些事了，也这末想着。

光复那年，父亲生伤寒病，请了许多医生看。最后请着一位武先生，那便是我后来的岳父。有一天，常去请医生的听差回来说，医生家有位小姐。父亲既然病着，母亲自然更该担心我的事。一听这话，便追问下去。听差原只顺口谈天，也说不出个所以然。母亲便在医生来时，教人问他轿夫，那位小姐是不是他家的。轿夫说是的。母亲便和父亲商量，托舅舅问医生的意思。

那天我正在父亲病榻旁，听见他们的对话。舅舅问明了小姐还没有人家，便说，像×翁这样人家怎末样？医生说，很好呀。话到此为止，接着便是相亲；还是母亲那个亲信的老妈子去。这回报告不坏，说就是脚大些。事情这样定局，母亲教轿夫回去说，让小姐裹上点儿脚。妻嫁过来后，说相亲的时候早躲开了，看见的是另一个人。至于轿夫捎的信儿，却引起了一段小小风波。岳父对岳母说，早教你给她裹脚，你不信；瞧，人家怎末说来着！岳母说，偏偏不裹，看他家怎末样！可是到底采取了折衷的办法，直到妻嫁过来的时候。

南京

南京是值得留连的地方，虽然我只是来来去去，而且又都在夏天。也想夸说夸说，可惜知道的太少；现在所写的，只是一个旅行人的印象罢了。

逛南京像逛古董铺子，到处都有些时代侵蚀的遗痕。你可以摩挲，可以凭吊，可以悠然遐想；想到六朝的兴废，王谢的风流，秦淮的艳迹。这些也许只是老调子，不过经过自家一番体贴，便不同了。所以我劝你上鸡鸣寺去，最好选一个微雨天或月夜。在朦胧里，才酝酿着那一缕幽幽的古味。

你坐在一排明窗的豁蒙楼上，吃一碗茶，看面前苍然蜿蜒着的台城。台城外明净荒寒的玄武湖就像大涤子的画。豁蒙楼一排窗子安排得最有心思，让你看的一点不多，一点不少。寺后有一口灌园的井，可不是那陈后主和张丽华躲在一堆儿的“胭脂井”。那口胭脂井不在路边，得破费点工夫寻觅。井栏也不在井上；要看，得老远地上明故宫遗址的古物保存所去。

从寺后的园地，拣着路上台城；没有垛子，真像平台一样。踏在茸茸的草上，说不出的静。夏天白昼有成群的黑蝴蝶，在微风里飞；这些黑蝴蝶上下旋转地飞，远看像一根粗的圆柱子。城上可以望南京的每一角。这时候若有个熟悉历代形势的人，给你指点，隋兵是从这角进来的，湘军是从那角进来的，你可以想象异样装束的队伍，打着异样的旗帜，拿着异样的武器，汹汹涌涌地进来，远远仿佛还有哭喊之声。假如你记得一些金陵怀古的诗词，趁这时候暗诵几回，也可印证印证，许更能领略作者当日的情思。

从前可以从台城爬出去，在玄武湖边；若是月夜，两三个人，两三个零落的影子，歪歪斜斜地挪移下去，够多好。现在可不成了，得出寺，下山，绕着大弯儿出城。七八年前，湖里几乎长满了苇子，一味地荒寒，虽有好月光，也不大能照到水上；船又窄，又小，又漏，教人逛着愁着。这几年大不同了，一出城，看见湖，就有烟水苍茫之意；船也大多了，有藤椅子可以躺着。水中岸上都光光的；亏得湖里有五个洲子点缀着，不然便一览无余了。

这里的水是白的，又有波澜，俨然长江大河的气势，与西湖的静绿不同，最宜于看月，一片空蒙，无边无界。若在微醺之后，迎着小风，似睡非睡地躺在藤椅上，听着船底汩汩的波响与不知何方来的箫声，真会教你忘却身在哪里。五个洲子似乎都局促无可看，但长堤宛转相通，却值得走走。湖上的樱桃最出名。据说樱桃熟时，游人在树下现买，现摘，现吃，谈着笑着，多热闹的。

清凉山在一个角落里，似乎人迹不多。扫叶楼的安排与豁蒙楼相仿佛，但窗外的景象不同。这里是滴绿的山环抱着，山下一片滴绿的树；那绿色真是扑到人眉宇上来。若许我再用画来比，这怕像王石谷的手笔了。在豁蒙楼上不容易坐得久，你至少要上台城去看看。在扫叶楼上却不想走；窗外的光景好像满为这座楼而设，一上楼便什么都有了。夏天去确有一股“清凉”味。这里与豁蒙楼全有素面吃，又可口，又贱。

明故宫只是一片瓦砾场，在斜阳里看，只感到李太白《忆秦娥》的“西风残照，汉家陵阙”二语的妙。午门还残存着，遥遥直对洪武门的城楼，有万千气象。古物保存所便在这里，可惜规模太小，陈列得也无甚次序。明孝陵道上的石人石马，虽然残缺零乱，还可见泱泱大风；享殿并不巍峨，只陵下的隧道，阴森袭人，夏天在里面待着，凉风沁人肌骨。这陵大概是开国时草创的规模，所以简朴得很；比起长陵，差得真太远了。然而简朴得好。

雨花台的石子，人人皆知；但现在怕也捡不着什么了。那地方毫无可看。记得刘后村的诗云：“昔年讲师何处在，高台犹以雨花名。有时宝向泥寻得，一片山无草敢生。”我所感的至多也只如此。还有，前些年南京枪决囚人都在雨花台下，所以洋车夫遇见别的车夫和他争先时，常说，“忙什么！赶雨花台去！”这和从前北京车夫说“赶菜市口儿”一样。现在时移势异，这种话渐渐听不见了。

南京的新名胜，不用说，首推中山陵。中山陵全用青白两色，以象征青天白日，与帝王陵寝用红墙黄瓦的不同。假如红墙黄瓦有富贵气，那青琉璃瓦的享堂，青琉璃瓦的碑亭却有名贵也。从陵门上享堂，白石台阶不知多少级，但爬得够累的；然而你远看，决想不到会有这么多的台阶儿。这是设计的妙处。德国波慈达姆无愁宫前的石阶，也同此妙。享堂进去也不小；可是远处看，简直小得可以，和那白石的飞阶不相称，一点儿压不住，仿佛高个儿戴着小尖帽。近处山角里一座阵亡将士纪念塔，粗粗的，矮矮的，正当着一个青青的小山峰，让两边儿的山紧紧抱着，静极，稳极。

若要看旧书，可以上江苏省立图书馆去。这在汉西门龙蟠里，也是一个角落里。这原是江南图书馆，以丁丙的善本书室藏书为底子；词曲的书特别多。此外中央大学图书馆近年来也颇有不少书。中央大学是个散步的好地方。宽大，干净，有树木；黄昏时去兜一个或大或小的圈儿，最有意思。后面有个梅庵，是那会写字的清道人的遗迹。这里只是随宜地用树枝搭成的小小的屋子。庵前有一株六朝松，但据说实在是六朝桧；桧荫遮住了小院子，真是不染一尘。

南京茶馆里干丝很为人所称道。但这些人必没有到过镇江，扬州，那儿的干丝比南京细得多，又从来不那么甜。我倒是觉得芝麻烧饼好，一种长圆的，刚出炉，既香，且酥，又白，大概各茶馆都有。咸板鸭才是南京的名产，要热吃，也是香得好；肉要肥要厚，才有咬嚼。但南京人都说盐水鸭更好，大约取其嫩，其鲜；那是冷吃的，我可不知怎样，老觉得不大得劲儿。

威尼斯

威尼斯（Venice）是一个别致地方。出了火车站，你立刻便会觉得；这里没有汽车，要到那儿，不是搭小火轮，便是雇“刚朵拉”（Gondola）。大运河穿过威尼斯像反写的S；这就是大街。另有小河道四百十八条，这些就是小胡同。轮船像公共汽车，在大街上走；“刚朵拉”是一种摇橹的小船，威尼斯所特有，它那儿都去。威尼斯并非没有桥；三百七十八座，有的是。只要不怕转弯抹角，那儿都走得到，用不着下河去。可是轮船中人还是很多，“刚朵拉”的买卖也似乎并不坏。

威尼斯是“海中的城”，在意大利半岛的东北角上，是一群小岛，外面一道沙堤隔开亚得利亚海。在圣马克方场的钟楼上看，团花簇锦似的东一块西一块在绿波里荡漾着。远处是水天相接，一片茫茫。这里没有什么煤烟，天空干干净净；在温和的日光中，一切都像透明的。中国人到此，仿佛在江南的水乡；夏初从欧洲北部来的，在这儿还可看见清清楚楚的春天的背影。海水那么绿，那么酽，会带你到梦中去。

威尼斯不单是明媚，在圣马克方场走走就知道。这个方场南面临着一道运河；场中偏东南便是那可以望远的钟楼。威尼斯最热闹的地方是这儿，最华妙庄严的地方也是这儿。除了西边，围着的都是三百年以上的建筑，东边居中是圣马克堂，却有了八九百年——钟楼便在它的右首。再向右是“新衙门”；教堂左首是“老衙门”。这两溜儿楼房的下一层，现在满开了铺子。铺子前面是长廊，一天到晚是来来去去的人。紧接着教堂，直伸向运河去的是公爷府；这个一半属于小方场，另一半便属于运河了。

圣马克堂是方场的主人，建筑在十一世纪，原是卑赞廷式，以直线为主。十四世纪加上戈昔式的装饰，如尖拱门等；十七世纪又参入文艺复兴期的装饰，如栏干等。所以庄严华妙，兼而有之；这正是威尼斯人的漂亮劲儿。教堂里屋顶与墙壁上满是碎玻璃嵌成的画，大概是真金色的地，蓝色和红色的圣灵像。这些像做得非常肃穆。教堂的地是用大理石铺的，颜色花样种种不同。在那种空阔阴暗的氛围中，你觉得伟丽，也觉得森严。教堂左右那两溜儿楼房，式样各别，并不对称；钟楼高三百二十二英尺，也偏在一边儿。但这两溜房子都是三层，都有许多拱门，恰与教堂的门面与圆顶相称；又都是白石造成，越衬出教堂的金碧辉煌来。教堂右边是向运河去的路，是一个小方场，本来显得空阔些，钟楼恰好填了这个空子。好像我们戏里大将出场，后面一杆旗子总是偏着取势；这方场中的建筑，节奏其实是和谐不过的。十八世纪意大利卡那来陀

（Canaletto）一派画家专画威尼斯的建筑，取材于这方场的很多。德国德莱司敦画院中有几张，真好。公爷府里有好些名人的壁画和屋顶画，丁陶来陀（Tindtoretto，十六世纪）的大画《乐园》最著名；但更重要的是它建筑的价值。运河上有了这所房子，增加了不少颜色。这全然是戈昔式；动工在九世纪初，以后屡次遭火，屡次重修，现在的据说还是原来的式样。最好看的是它的西南两面；西面斜对着圣马克方场，南面正在运河上。在运河里看，真像在画中。它也是三层：下两层是尖拱门，一眼看去，无数的柱子。最下层的拱门简单疏阔，是载重的样子；上一层便繁密得多，为装饰之用；最上层却更简单，一根柱子没有，除了疏疏落落的窗和门之外，都是整块的墙面。墙面上用白的与玫瑰红的大理石砌成素朴的方纹，在日光里鲜明得像少女一般。威尼斯人真不愧着色的能手。这所房子从运河中看，好像在水里。下两层是玲珑的架子，上一层才是屋子；这是很巧的结构，加上那艳而雅的颜色，令人有惝恍迷离之感。府后有太息桥；从前一边是监狱，一边是法院，狱囚提讯须过这里，所以得名。拜伦诗中曾咏此，因而便脍炙人口起来，其实也只是近世的东西。

威尼斯的夜曲是很著名的。夜曲本是一种抒情的曲子，夜晚在人家窗下随便唱。可是运河里也有：晚上在圣马克方场的河边上，看见河中有红绿的纸球灯，便是唱夜曲的船。雇了“刚朵拉”摇过去，靠着那个船停下，船在水中间，两边挨次排着“刚朵拉”，在微波里荡着，像是两只翅膀。唱曲的有男有女，围着一张桌子坐，轮到了便站起来唱，旁边有音乐和着。曲词自然是意大利语，意大利的语音据说最纯粹，最清朗。听起来似乎的确斩截些，女人的尤其如此——意大利的歌女是出名的。音乐节奏繁密，声情热烈，想来是最流行的“爵士乐”。

在微微摇摆的红绿灯球底下，颤着酽酽的歌喉，运河上一片朦胧的夜也似乎透出玫瑰红的样子。唱完几曲之后，船上有人跨过来，反拿着帽子收钱，多少随意。不愿意听了，还可摇到第二处去。这个略略像当年的秦淮河的光景，但秦淮河却热闹得多。

从圣马克方场向西北去，有两个教堂在艺术上是很重要的。一个是圣罗珂堂，旁边有一所屋子，墙上屋顶上满是画；楼上下大小三间屋，共六十二幅画，是丁陶来陀的手笔。屋里暗极，只有早晨看得清楚。丁陶来陀作画时，因地制宜，大部分只粗粗钩勒，利用阴影，教人看了觉得是几经琢磨似的。《十字架》一幅在楼上小屋内，力量最雄厚。佛拉利堂在圣罗珂近旁，有大画家铁沁（Titian，十六世纪）和近代雕刻家卡奴洼（Canova）的纪念碑。卡奴洼的，灵巧，是自己打的样子；铁沁的，宏壮，是十九世纪中叶才完成的。他的《圣处女升天图》挂在神坛后面，那朱红与亮蓝两种颜色鲜明极了，全幅气韵流动，如风行水上。倍里尼（Giovannibellini，十五世纪）的《圣母像》，也是他的精品。他们都还有别的画在这个教堂里。

从圣马克方场沿河直向东去，有一处公园；从一八九五年起，每两年在此地开国际艺术展览会一次。今年是第十八届；加入展览的有意，荷，比，西，丹，法，英，奥，苏俄，美，匈，瑞士，波兰等十三国，意大利的东西自然最多，种类繁极了；未来派立体派的图画雕刻，都可见到，还有别的许多新奇的作品，说不出路数。颜色大概鲜明，教人眼睛发亮；建筑也是新式，简截不啰嗦，痛快之至。苏俄的作品不多，大概是工农生活的表现，兼有沉毅和高兴的调子。他们也用鲜明的颜色，但显然没有很费心思在艺术上，作风老老实实，并不向牛犄角里寻找新奇的玩意儿。

威尼斯的玻璃器皿，刻花皮件，都是名产，以典丽风华胜，缂丝也不错。大理石小雕像，是著名大品的缩本，出于名手的还有味。

佛罗伦司

佛罗伦司（即佛罗伦萨，Florence）最教你忘不掉的是那色调鲜明的大教堂与在它一旁的那高耸入云的钟楼。教堂靠近闹市，在狭窄的旧街道与繁密的市房中，展开它那伟大的个儿，好像一座山似的。它的门墙全用大理石砌成，黑的红的白的线条相间着。长方形是基本图案，所以直线虽多，而不觉严肃，也不觉浪漫；白天里绕着教堂走，仰着头看，正像看达芬奇的《蒙娜丽莎》（Monalisa）像，她在你上头，可也在你里头。这不独是线形温和平静的缘故，那三色的大理石，带着它们的光泽，互相显映，也给你鲜明稳定的感觉；加上那朴素而黯淡的周围，衬托着这富丽堂皇的建筑，像给它打了很牢固的基础一般。夜晚就不同些；在模糊的街灯光里，这庞然的影子便有些压迫着你了。教堂动工在十三世纪，但门墙只是十九世纪的东西；完成在一八八四年，算到现在才四十九年。

教堂里非常简单，与门墙决不相同，只穹隆顶宏大而已。钟楼在教堂的右首，高二百九十二英尺，是乔陀（Giotto，十四世纪）的杰作。乔陀是意大利艺术的开山祖师；从这座钟楼可以看出他的大匠手。这也用颜色大理石砌成墙面；宽度与高度正合式，玲珑而不显单薄。墙面共分七层：下四层很短，是打根基的样子，最上层最长，以助上耸之势。窗户越高越少越大，最上层只有一个；在长方形中有金字塔形的妙用。教堂对面是受洗所，以吉拜地（Ghiberti）做的铜门著名。有两扇最工，上刻《圣经》故事图十方，分远近如画法，但未免太工些；门上并有作者的肖像。米开朗基罗（十六世纪）说过这两扇门真配做天上乐园的门，传为佳话。

教堂内容富丽的，要推送子堂，以《送子图》得名。门外廊子里有沙陀（Sarto，十六世纪）的壁画，他自己和他太太都在画中；画家以自己或太太作模特儿是常见的。教堂里屋顶以金漆花纹界成长方格子，灿烂之极。门内左边有一神龛，明灯照耀，香花供养，墙上便是《送子图》。画的是天使送耶稣给处女玛利亚，相传是天使的手笔。平常遮着不让我们俗眼看；每年只复活节的礼拜五揭开一次。这是塔斯干省最尊的神龛了。

梅迭契（Medici）家庙也以富丽胜，但与别处全然不同。梅迭契家是中古时大公爵，治佛罗伦司多年。那时佛罗伦司非常富庶，他们家穷极奢华；佛罗伦司艺术的兴盛，一半便由于他们的爱好。这个家庙是历代大公爵家族的葬所。房屋是八角形，有穹隆顶；分两层，下层是坟墓，上层是雕像与纪念碑等。上层墙壁，全用各色上好大理石作面子，中间更用宝石嵌成花纹，地也用大理石嵌花铺成；屋顶是名人的画。光彩焕发，五色纷纶；嵌工最精细，平滑如天然。佛罗伦司嵌石是与威尼斯嵌玻璃齐名的，梅迭契家造这个庙，用过二千万元，但至今并未完成；雕像座还空着一大半，地也没有全铺好。旁有新庙，是米开朗基罗所建，朴质无华；中有雕像四座，叫做《昼》《夜》《晨》《昏》，是纪念碑的装饰，是出于米开朗基罗的手，颇有名。

十字堂是“佛罗伦司的西寺”，“塔斯干的国葬院”；前面是但丁的造像。米开朗基罗与科学家格里雷的墓都在这里，但丁也有一座纪念碑；此外名人的墓还很多。佛罗伦司与但丁有关系的遗迹，除这所教堂外，在送子堂附近是他的住宅；是一所老老实实的小砖房，带一座方楼，据说那时阔人家都有这种方楼的。他与他的情人佩特拉齐相遇，传说是在一座桥旁；这个情景常见于图画中。这座有趣的桥，照画看便是阿奴河上的三一桥；桥两头各有雕像两座，风光确是不坏。佩特拉齐的住宅离但丁的也不远；她葬在一个小教堂里，就在住宅对面小胡同内。这个教堂双扉紧闭，破旧得可以，据说是终年不常开的。但丁与佩特拉齐的屋子，现在都已作别用，不能进去，只墙上钉些纪念的木牌而已。佩特拉齐住宅墙上有一块木牌，专钞但丁的诗两行，说他遇见了一个美人，却有些意思。还有一所教堂，据说原是但丁写《神曲》的地方；但书上没有，也许是“齐东野人”之语罢。米开朗基罗住过的屋子在十字堂近旁，是他侄儿的住宅。现在是一所小博物院，其中两间屋子陈列着米开朗基罗塑的小品，有些是名作的雏形，都奕奕有神采。在这一层上，他似乎比但丁还有幸些。

佛罗伦司著名的方场叫做官方场，据说也是历史的和商业的中心，比威尼斯的圣马克方场黯淡冷落得多。东边未周府，原是共和时代的议会，现在是市政府。要看中古时佛罗伦司的堡子，这便是个样子，建筑仿佛铜墙铁壁似的。门前有米开朗基罗《大卫》（David）像的翻本（原件存本地国家美术院中）。府西是著名的喷泉，雕像颇多；中间亚波罗驾四马，据说是一块大理石凿成。但死板板的没有活气，与旁边有血有肉的《大卫》像一比，便看出来了。米开朗基罗说这座像白费大理石，也许不错。府东是朗齐亭，原是人民会集的地方，里面有许多好的古雕像；其中一座像有两个面孔，后一个是作者自己。

方场东边便是乌费齐画院（Uffizi Gallery）。这画院是梅迭契家立的，收藏十四世纪到十六世纪的意大利画最多；意大利画的精华荟萃于此，比那儿都好。乔陀，波铁乞利（Botticelli，十五世纪），达芬奇（十五世纪），拉飞尔（十六世纪），米开朗基罗，铁沁的作品，这儿都有；波铁乞利和铁沁的最多。乔陀，波铁乞利，达芬奇都是佛罗伦司派，重形线与构图；拉飞尔曾到佛罗伦司，也受了些影响。铁沁是威尼斯派，重着色。这两个潮流是西洋画的大别。波铁乞利的作品如《勃里马未拉的寓言》，《爱神的出生》等似乎最能代表前一派；达芬奇的《送子图》，构图也极巧妙。铁沁的《佛罗拉像》和《爱神》，可以看出丰富的颜色与柔和的节奏。另有《蓝色圣母像》，沙琐费拉陀（Sassoferrato，十七世纪）所作，后来临摹的很多；《小说月报》曾印作插图。古雕像以《梅迭契爱神》，《摔跤》为最：前者情韵欲流，后者精力饱满，都是神品。隔阿奴河有辟第（Pitti）画院，有长廊与乌费齐相通；这条长廊架在一座桥的顶上，里面挂着许多画像。辟第画院是辟第（Luca Pitti）立的。他和梅迭契是死冤家。可是后来扩充这个画院的还是梅迭契家。收藏的名画有拉飞尔的两幅《圣母像》，《福那利那像》与铁沁的《马达来那像》等。福那利那是拉飞尔的未婚妻，是他许多名作的模特儿。铁沁此幅和《佛罗拉像》作风相近，但金发飘拂，节奏更要生动些。

两个画院中常看见女人坐在小桌旁用描花笔蘸着粉临摹小画像，这种小画像是将名画临摹在一块长方的或椭圆的小纸上，装在小玻璃框里，作案头清供之用。因为地方太小，只能临摹半身像。这也是西方一种特别的艺术，颇有些历史。看画院的人走过那些小桌子旁，她们往往请你看她们的作品；递给你扩大镜让你看出那是一笔不苟的。每件大约二十元上下。她们特别拉住些太太们，也许太太们更能赏识她们的耐心些。

十字堂邻近，许多做嵌石的铺子。黑地嵌石的图案或带图案味的花卉人物等都好；好在颜色与光泽彼此衬托，恰到佳处。有几块小丑像，趣极了。但临摹风景或图画的却没有什么好。无论怎么逼真，总还隔着一层；嵌石决不能如作画那么灵便的。再说就是做得和画一般，也只是因难见巧，没有一点新东西在内。威尼斯嵌玻璃却不一样。他们用玻璃小方块嵌成风景图；这些玻璃块相似而不尽相同，它们所构成的不是一个简单的平面，而是许多颜色的点儿。你看时会觉得每一点都触着你，它们间的光影也极容易跟着你的角度变化；至少这“触着你”一层，画是办不到的。不过佛罗伦司所用大理石，色泽胜于玻璃多多；威尼斯人虽会着色，究竟还赶不上。

罗马

罗马是历史上大帝国的都城，想象起来，总是气象万千似的。现在它的光荣虽然早过去了，但是从七零八落的废墟里，后人还可仿佛于百一。这些废墟，旧有的加上新发掘的，几乎随处可见，像特意点缀这座古城的一般。这边几根石柱子，那边几段破墙，带着当年的尘土，寂寞地陷在大坑里；虽然在夏天中午的太阳，照上去也黯黯淡淡，没有多少劲儿。就中罗马市场规模最大。这里是古罗马城的中心，有法庭，神庙，与住宅的残迹。卡司多和波鲁斯庙的三根哥林斯式的柱子，顶上还有片石相连着；在全场中最为秀拔，像三个丰姿飘洒的少年用手横遮着额角，正在眺望这一片古市场。想当年这里终日挤挤闹闹的也不知有多少人，各有各的心思，各有各的手法；现在只剩三两起游客指手画脚地在死一般的寂静里。犄角上有一所住宅，情形还好；一面是三间住屋，有壁画，已模糊了，地是嵌石铺成的；旁厢是饭厅，壁画极讲究，画的都是正大的题目，他们是很看重饭厅的。市场上面便是巴拉丁山，是饱历兴衰的地方。最早是一个村落，只有些茅草屋子；罗马共和末期，一姓贵族聚居在这里；帝国时代，更是繁华。游人走上山去，两旁宏壮的住屋还留下完整的黄土坯子，可以见出当时阔人家的气局。屋顶一片平场，原是许多花园，总名法内塞园子，也是四百年前的旧迹；现在点缀些花木，一角上还有一座小喷泉。在这园子里看脚底下的古市场，全景都在望中了。

市场东边是斗狮场，还可以看见大概的规模；在许多宏壮的废墟里，这个算是情形最好的。外墙是一个大圆圈儿，分四层，要仰起头才能看到顶上。下三层都是一色的圆拱门和柱子，上一层只有小长方窗户和楞子，这种单纯的对照教人觉得这座建筑是整整的一块，好像直上云霄的松柏，老干亭亭，没有一些繁枝细节。里面中间原是大平场；中古时在这儿筑起堡垒，现在满是一道道颓毁的墙基，倒成了四不像。这场子便是斗狮场；环绕着的是观众的坐位。下两层是包厢，皇帝与外宾的在最下层，上层是贵族的；第三层公务员坐；最上层平民坐：共可容四五万人。狮子洞还在下一层，有口直通场中。斗狮是一种刑罚，也可以说是一种裁判：罪囚放在狮子面前，让狮子去搏他；他若居然制死了狮子，便是直道在他一边，他就可自由了。但自然是让狮子吃掉的多；这些人大约就算活该。想到临场的罪囚和他亲族的悲苦与恐怖，他的仇人的痛快，皇帝的威风，与一般观众好奇的紧张的面目，真好比一场恶梦。这个场子建筑在一世纪，原是戏园子，后来才改作斗狮之用。

斗狮场南面不远是卡拉卡拉浴场。古罗马人颇讲究洗澡，浴场都造得好，这一所更其华丽。全场用大理石砌成，用嵌石铺地；有壁画，有雕像，用具也不寻常。房子高大，分两层，都用圆拱门，走进去觉得稳稳的；里面金碧辉煌，与壁画雕像相得益彰。居中是大健身房，有喷泉两座。场子占地六英亩，可容一千六百人洗浴。洗浴分冷热水蒸气三种，各占一所屋子。古罗马人上浴场来，不单是为洗澡；他们可以在这儿商量买卖，和解讼事等等，正和我们上茶店上饭店一般作用。这儿还有好些游艺，他们公余或倦后来洗一个澡，找几个朋友到游艺室去消遣一回，要不然，到客厅去谈谈话，都是很“写意”的。现在却只剩下一大堆遗迹。大理石本来还有不少，早给搬去造圣彼得等教堂去了；零星的物件陈列在博物院里。我们所看见的只是些巍巍峨峨参参差差的黄土骨子，站在太阳里，还有学者们精心研究出来的《卡拉卡拉浴场图》的照片，都只是所谓过屠门大嚼而已。

罗马从中古以来便以教堂著名。康南海《罗马游纪》中引杜牧的诗“南朝四百八十寺，多少楼台烟雨中”，光景大约有些相像的；只可惜初夏去的人无从领略那烟雨罢了。圣彼得堂最精妙，在城北尼罗圆场的旧址上。尼罗在此地杀了许多基督教徒。据说圣彼得上十字架后也便葬在这里。这教堂几经兴废，现在的房屋是十六世纪初年动工，经了许多建筑师的手。米开朗基罗七十二岁时，受保罗第三的命，在这儿工作了十七年。后人以为天使保罗第三假手于这一个大艺术家，给这座大建筑定下了规模；以后虽有增改，但大体总是依着他的。教堂内部参照卡拉卡拉浴场的式样，许多高大的圆拱门稳稳地支着那座穹隆顶。教堂长六百九十六英尺，宽四百五十英尺，穹隆顶高四百零三英尺，可是乍看不觉得是这么大。因为平常看屋子大小，总以屋内饰物等为标准，饰物等的尺寸无形中是有谱子的。圣彼得堂里的却大得离了谱子，“天使像巨人，鸽子像老鹰”；所以教堂真正的大小，一下倒不容易看出了。但是你若看里面走动着的人，便渐渐觉得不同。教堂用彩色大理石砌墙，加上好些嵌石的大幅的名画，大都是亮蓝与朱红二色；鲜明丰丽，不像普通教堂一味阴沉沉的。米开朗基罗雕的彼得像，温和光洁，别是一格，在教堂的犄角上。

圣彼得堂两边的列柱回廊像两只胳膊拥抱着圣彼得圆场；留下一个口子，却又像个玦。场中央是一座埃及的纪功方尖柱，左右各有大喷泉。那两道回廊是十七世纪时亚历山大第三所造，成于倍里尼之手。廊子里有四排多力克式石柱，共二百八十四根；顶上前后都有栏干，前面栏干上并有许多小雕像。场左右地上有两块圆石头，站在上面看同一边的廊子，觉得只有一排柱子，气魄更雄伟了。这个圆场外有一道弯弯的白石线，便是梵蒂冈与意大利的分界。教皇每年复活节站在圣彼得堂的露台上为人民祝福，这个场子内外据说是拥挤不堪的。

圣保罗堂在南城外，相传是圣保罗葬地的遗址，也是柱子好。门前一个方院子，四面廊子里都是些整块石头凿出来的大柱子，比圣彼得的两道廊子却质朴得多。教堂里面也简单空廓，没有什么东西。但中间那八十根花岗石的柱子，和尽头处那六根蜡石的柱子，纵横地排着，看上去仿佛到了人迹罕至的远古的森林里。柱子上头墙上，周围安着嵌石的历代教皇像，一律圆框子。教堂旁边另有一个小柱廊，是十二世纪造的。这座廊子围着一所方院子，在低低的墙基上排着两层各色各样的细柱子——有些还嵌着金色玻璃块儿。这座廊子精工可以说像湘绣，秀美却又像王羲之的书法。

在城中心的威尼斯方场上巍然蹯踞着的，是也马奴儿第二的纪功廊。这是近代意大利的建筑，不缺少力量。一道弯弯的长廊，在高大的石基上。前面三层石级：第一层在中间，第二三层分开左右两道，通到廊子两头。这座廊子左右上下都匀称，中间又有那一弯，便兼有动静之美了。从廊前列柱间看到暮色中的罗马全城，觉得幽远无穷。

罗马艺术的宝藏自然在梵蒂冈宫；卡辟多林博物院中也有一些，但比起梵蒂冈来就太少了。梵蒂冈有好几个雕刻院，收藏约有四千件，著名的《拉奥孔》便在这里。画院藏画五十幅，都是精品，拉飞尔的《基督现身图》是其中之一，现在却因修理关着。梵蒂冈的壁画极精彩，多是拉飞尔和他门徒的手笔，为别处所不及。有四间拉飞尔室和一些廊子，里面满是他们的东西。拉飞尔由此得名。他是乌尔比奴人，父亲是诗人兼画家。他到罗马后，极为人所爱重，大家都要教他画；他忙不过来，只好收些门徒作助手。他的特长在画人体。这是实在的人，肢体圆满而结实，有肉有骨头。这自然受了些佛罗伦司派的影响，但大半还是他的天才。他对于气韵，远近，大小与颜色也都有敏锐的感觉，所以成为大家。他在罗马住的屋子还在，坟在国葬院里。歇司丁堂与拉飞尔室齐名，也在宫内。这个神堂是十五世纪时歇司土司第四造的，第一百三十三英尺，宽四十五英尺。两旁墙的上部，都由佛罗伦司派画家装饰，有波铁乞利在内。屋顶的画满都是米开朗基罗的，歇司丁堂著名在此。米开朗基罗是佛罗伦司派的极峰。他不多作画，一生精华都在这里。他画这屋顶时候，以深沉肃穆的心情渗入画中。他的构图里气韵流动着，形体的勾勒也自然灵妙，还有那雄伟出尘的风度，都是他独具的好处。堂中祭坛的墙上也是他的大画，叫做《最后的审判》。这幅壁画是以后多年画的，费了他七年工夫。

罗马城外有好几处隧道，是一世纪到五世纪时候基督教徒挖下来做墓穴的，但也用作敬神的地方。尼罗搜杀基督教徒，他们往往避难于此。最值得看的是圣卡里斯多隧道。那儿还有一种热诚花，十二瓣，据说是代表十二使徒的。我们看的是圣赛巴司提亚堂底下的那一处，大家点了小蜡烛下去。曲曲折折的狭路，两旁是大大小小深深浅浅的墓穴；现在自然是空的，可是有时还看见些零星的白骨。有一处据说圣彼得住过，成了龛堂，壁上画得很好。另处也还有些壁画的残迹。这个隧道似乎有四层，占的地方也不小。圣赛巴司提亚堂里保存着一块石头，上有大脚印两个；他们说是耶稣基督的，现在供养在神龛里。另一个教堂也供着这么一块石头，据说是仿本。

缧绁堂建于第五世纪，专为供养拴过圣彼得的一条铁链子。现在这条链子还好好的在一个精美的龛子里。堂中周理乌司第二纪念碑上有米开朗基罗雕的几座像；摩西像尤为著名。那种原始的坚定的精神和勇猛的力量从眉目上，胡须上，胳膊上，手上，腿上，处处透露出来，教你觉得见着了一个伟大的人。又有个阿拉古里堂，中有圣婴像。这个圣婴自然便是耶稣基督；是十五世纪耶路撒冷一个教徒用橄榄木雕的。他带它到罗马，供养在这个堂里。四方来许愿的很多，据说非常灵验；它身上密层层地挂着许多金银饰器都是人家还愿的。还有好些信写给它，表示敬慕的意思。

罗马城西南角上，挨着古城墙，是英国坟场或叫做新教坟场。这里边葬的大都是艺术家与诗人，所以来参谒来凭吊的意大利人和别国的人终日不绝。就中最有名的自然是十九世纪英国浪漫诗人雪莱与济兹的墓。雪莱的心葬在英国，他的遗灰在这儿。墓在古城墙下斜坡上，盖有一块长方的白石；第一行刻着“心中心”，下面两行是生卒年月，再下三行是莎士比亚《风暴》中的仙歌。

这座坟场是罗马富有诗意的一角；有些爱罗马的人虽不死在意大利，也会遗嘱葬在这座“永远的城”的永远的一角里。

滂卑故城

滂卑（即庞贝，Pompei）故城在奈波里之南，意大利半岛的西南角上。维苏威火山在它的正东，像一座围屏。纪元七十九年，维苏威初次喷火。喷出的熔岩倒没有什么；可是那崩裂的灰土。山一般压下来，到底将一座繁华的滂卑城活活地埋在底下，不透一丝风儿。那时是半夜里。好在大多数人瞧着兆头不妙，早卷了细软走了；剩下的并不多，想来是些穷小子和傻瓜罢。城是埋下去了，年岁一久，谁也忘记了。只存下当时一个叫小勃里尼的人的两封信，里面叙述滂卑陷落的情形；但没有人能指出这座故城的遗址来。直到一七四八年大剧场与别的几座房子出土，才有了头绪；系统的发掘却迟到一八六零年。到现在这座城大半都出来了；工作还继续着。

滂卑的文化很高，从道路，建筑，壁画，雕刻，器皿等都可看出。后三样大部分陈列在奈波里国家博物院中；去滂卑的人最好先到那里看看。但是这种文化大体从希腊输入，罗马人自己的极少。当时罗马的将领打过了好些个胜仗，闲着没事，便风雅起来，搜罗希腊的美术品，装饰自己的屋子。这些东西有的是打仗时抢来的，有的是买的。古语说得好："上有好者，下必有甚焉者。"这种美术的嗜好渐渐成了风气。那时罗马人有的是钱；希腊人却穷了，乐得有这班好主顾。"物聚于所好"，滂卑还只是第三等的城市，大户人家陈设的美术品已经像一所不寒尘的博物院，别的大城可想而知。

滂卑沿海，当时与希腊交通，也是个商业的城市，人民是很富裕的。他们的生活非常奢靡，正合"饱暖思淫欲"一句话。滂卑的淫风似乎甚盛。他们崇拜男根，相信可以给人好运气，倒不像后世人作不净想。街上走，常见墙上横安着黑的男根；器具也常以此为饰。有一所大住宅，是两个姓魏提的单身男子住的，保存得最好；里面一间小屋子，墙上满是春画，据说他们常从外面叫了女人到这里。

院子里本有一座喷泉，泉水以小石像的男根为出口；这座像现在也藏在那间小屋中。廊下还有一幅壁画，画着一架天秤；左盘里是钱袋，一个人以他的男根放在右盘中，左盘便高起来了。可见滂卑人所重在彼而不在此。另有妓院一所，入门中间是穿堂，两边有小屋五间，每间有一张土床，床以外隙地便不多。穿堂墙上是春画；小屋内墙上间或刻着人名，据说这是游客的题名保荐，让他的朋友们看了，也选他的相好。

从来酒色连文，滂卑人在酒上也是极放纵的。只看到处是酒店，人家里多有藏酒的地窖子便知道了。滂卑的酒店有些像杭州绍兴一带的，酒垆与柜台都在门口，里面没有多少地方；

来者大约都是喝“柜台酒”的。现在还可以见许多残破的酒垆和大大小小的酒甏；人家地窖里堆着的酒甏也不少。这些酒甏是黄土做的，长颈细腹尖底，样子灵巧，可是放不稳，不知当时如何安置。

上面说起魏提的住宅，是很讲究的。宅子高大，屋子也多；一所空阔的院子，周围是深深的走廊。廊下悬着石雕的面具；院中也放着许多雕像，中间是喷泉和鱼池。屋后还有花园。滂卑中上人家大概都有喷泉，鱼池与花园，大小称家之有无；喷泉与鱼池往往是分开的。水从山上用铅管引下来，办理得似乎不坏。

魏提家的壁画颇多，墙壁用红色，粉刷得光润无比，和大理石差不多。画也精工美妙。饭厅里画着些各行手艺，仿佛宋人《懋迁图》的味儿。但做手艺的都是带翅子的小爱神，便不全是写实了。在红墙上画出一条黑带儿，在这条道儿上面再用鲜明的蓝黄等颜色作画，映照起来最好看；蓝色中渗一点粉，用来画衣裳与爱神的翅膀等，真是飘飘欲举。这种画分明仿希腊的壁雕，所以结构亭匀不乱。膳厅中画最多；黑带子是在墙下端，上面是一幅幅的并列着，却没有甚大的。膳厅中如何布置，已不可知。曾见别两家的是这样：中间一座长方的小石灰台子，红色，这便是桌子。围着是马蹄形的座位，也是石灰砌的，颜色相同。近台子那一圈低些阔些，是坐的，后面狭狭的矮矮的四五层斜着上去，像是靠背用的，最上层便又阔了。但那两家规模小，魏提家当然要阔些。至于地用嵌石铺，是在意中的。这些屋子里的银器铜器玻璃器等与壁画雕像大部分保存在奈波里；还有涂上石灰的尸首及已化炭的面包和谷类，都是城陷时的东西。

滂卑人是会享福的，他们的浴场造得很好。冷热浴蒸气浴都有；场中存衣柜，每个浴客一个，他们可以舒舒服服地放心洗澡去。场宽阔高大，墙上和圆顶上满是画。屋顶正中开一个大圆窗子，光从这里下来，雨也从这里下来；但他们不在乎雨，场里面反正是湿的。有一处浴场对门便是饭馆，洗完澡，就上这儿吃点儿喝点儿，真“美”啊。滂卑城并不算大，却有三个戏园子。大剧场为最，能容两万人，大约不常用，现在还算完好。常用的两个比较小些，已颓毁不堪；一个据说有顶，是夜晚用的，一个无顶，是白天用的。城中有好几个市场，是公众买卖与娱乐的地方；法庭庙宇都在其中；现在却只见几片长方的荒场和一些破坛断柱而已。

街市中除酒店外，别种店铺的遗迹也还不少。曾走过一家药店，架子上还零乱地放着些玻璃瓶儿；又走过一家饼店，五个烘饼的小砖炉也还好好的。街旁常见水槽；槽里的水是给马喝的，上面另有一个管子，行人可以就着喝。喝时须以一只手按着槽边，翻过身仰起脸来。这个姿势也许好看，舒服是并不的。日子多了，槽边经人按手的地方凹了下去，磨得光滑滑的。街路用大石铺成，也还平整宽舒；中间常有三大块或两大块椭圆的平石分开放着，是为上下马车用的。车有两轮，恰好从石头空处过去。街道是直的，与后世取曲势的不同。虽然一望到头，可是衬着两旁一排排的距离相似高低相仿的颓垣断户，倒仿佛无穷无尽似的。从整齐划一中见伟大，正中古罗马人的长处。

柏林

柏林的街道宽大，干净，伦敦巴黎都赶不上的；又因为不景气，来往的车辆也显得稀些。在这儿走路，尽可以从容自在地呼吸空气，不用张张望望躲躲闪闪。找路也顶容易，因为街道大概是纵横交切，少有“旁逸斜出”的。最大最阔的一条叫菩提树下，柏林大学，国家图书馆，新国家画院，国家歌剧院都在这条街上。东头接着博物院洲，大教堂，故宫；西边到著名的勃朗登堡门为止，长不到二里。过了那座门便是梯尔园，街道还是直伸下去，这一下可长了，三十七八里。

勃朗登堡门和巴黎凯旋门一样，也是纪功的。建筑在十八世纪末年，有点仿雅典奈昔克里司门的式样。高六十六英尺，宽六十八码半；两边各有六根多力克式石柱子。顶上是站在驷马车里的胜利神像，雄伟庄严，表现出德意志国都的神采。那神像在一八七零年被拿破仑当作胜利品带走，但七年后便又让德国的队伍带回来了。

从菩提树下西去，一出这座门，立刻神气清爽，眼前别有天地；那空阔，那望不到头的绿树，便是梯尔园。这是柏林最大的公园，东西六里，南北约二里。地势天然生得好，加上树种得非常巧妙，小湖小溪，或隐或显，也安排的是地方。大道像轮子的辐，凑向轴心去。道旁齐齐地排着葱郁的高树；树下有时候排着些白石雕像，在深绿的背景上越显得洁白。小道像树叶上的脉络，不知有多少。跟着道走，总有好地方，不辜负你。

园子里花坛也不少。罗森花坛是出名的一个，玫瑰最好。一座天然的围墙，圆圆地绕着，上面密密地厚厚地长着绿的小圆叶子；墙顶参差不齐。坛中有两个小方池，满飘着雪白的水莲花，玲珑地托在叶子上，像惺忪的星眼。两池之间是一个皇后的雕像；四周的花香花色好像她的供养。梯尔园人工胜于天然。真正的天然却又是一番境界。曾走过市外"新西区"的一座林子。稀疏的树，高而瘦的干子，树下随意弯曲的路，简直教人想到倪云林的画本。看着没有多大，但走了两点钟，却还没走完。

柏林市内市外常看见运动员风的男人女人。女人大概都光着脚亮着胳膊，雄赳赳地走着，可是并不和男人一样。她们不像巴黎女人的苗条，也不像伦敦女人的拘谨，却是自然得好。有人说她们太粗，可是有股劲儿。

司勃来河横贯柏林市，河上有不少划船的人。往往一男一女对坐着，男的只穿着游泳衣，也许赤着膊只穿短裤子。看的人绝不奇怪而且有喝彩的。曾亲见一个女大学生指着这样划着船的人说，"美啊！"赞美身体，赞美运动，已成了他们的道德。星期六星期日上水边野外看去，男男女女老老少少谁都带一点运动员风。再进一步，便是所谓“自然运动”。大家索性不要那劳什子衣服，那才真是自然生活了。这有一定地方，当然不会随处见着。但书籍杂志是容易买到的。也有这种电影。那些人运动的姿势很好看，很柔软，有点儿像太极拳。在长天大海的背景上来这一套，确是美的，和谐的。日前报上说德国当局要取缔他们，看来未免有些个多事。

柏林重要的博物院集中在司勃来河中一个小洲上。这就叫做博物院洲。虽然叫做洲，因为周围陆地太多，河道几乎挤得没有了，加上十六道桥，走上去毫不觉得身在洲中。洲上总共七个博物院，六个是通连着的。

最奇伟的是勃嘉蒙（Pergamon）与近东古迹两个。勃嘉蒙在小亚细亚，是希腊的重要城市，就是现在的贝加玛。柏林博物院团在那儿发掘，掘出一座大享殿，是祭大神宙斯用的。这座殿是两千两百年前造的，规模宏壮，雕刻精美。掘出的时候已经残破；经学者苦心研究，知道原来是什么样子，便照着修补起来，安放在一间特建的大屋子里。屋子之大，让人要怎么看这座殿都成。屋顶满是玻璃，让光从上面来，最均匀不过；墙是淡蓝色，衬出这座白石的殿越发有神儿。殿是方锁形，周围都是爱翁匿克式石柱，像是个廊子。当锁口的地方，是若干层的台阶儿。两头也有几层，上面各有殿基；殿基上，柱子下，便是那著名的“壁雕”。

壁雕是希腊建筑里特别的装饰；在狭长的石条子上半深浅地雕刻着些故事，嵌在墙壁中间。这种壁雕颇有名作。如现存在不列颠博物院里的雅典巴昔农神殿的壁雕便是。这里的是一百三十二码长，有一部分已经移到殿对面的墙上去。所刻的故事是奥灵匹亚诸神与地之诸子巨人们的战争。其中人物精力饱满，历劫如生。另一间大屋里安放着罗马建筑的残迹。一是大三座门，上下两层，上层全为装饰用。两层各用六对哥林斯式的石柱，与门相间着，隔出略带曲折的廊子。上层三座门是实的，里面各安着一尊雕像，全体整齐秀美之至。一是小神殿。两样都在第二世纪的时候。

近东古迹院里的东西是十九世纪末二十世纪初年德国东方学会在巴比仑和亚述发掘出来的。中间巴比仑的以色他门最为壮丽。门建筑在二千五百年前奈补卡德乃沙王第二的手里。门圈儿高三十九英尺，城垛儿四十九英尺，全用蓝色珐琅砖砌成。墙上浮雕着一对对的龙（与中国所谓龙不同）和牛，黄的白的相间着；上下两端和边上也是这两色的花纹。龙是巴比仑城隍马得的圣物，牛是大神亚达的圣物。这些动物的像稀疏地排列着，一面墙上只有两行，犄角上只有一行；形状也单纯划一。色彩在那蓝的地子上，却非常之鲜明。看上去真像大幅缂丝的图案似的。还有巴比仑王宫里正殿的面墙，是与以色他门同时做的，颜色鲜丽也一样，只不过以植物图案为主罢了。马得祭道两旁屈折的墙基也用蓝珐琅砖；上面却雕着向前走的狮子。这个祭道直通以色他门，现在也修补好了一小段，仍旧安在以色他门前面。另有一件模型，是整个儿的巴比仑城。这也可以慰情聊胜无了。亚述巴先宫的面墙放在以色他门的对面，当然也是修补起来的：周围正正的拱门，一层层又细又密的柱子，在许多直线里透出秀气。

新博物院第一层中央是一座厅。两道宽阔而华丽的楼梯仿佛占住了那间大屋子，但那间屋子还是照样地觉得大不可言。屋里什么都高大；迎着楼梯两座复制的大雕像，两边墙上大幅的历史壁画，一进门就让人觉得万千的气象。德意志人的魄力，真有他们的。楼上本是雕版陈列室，今年改作哥德展览会。有哥德和他朋友们的像，他的画，他的书的插图等等。《浮士德》的插图最多，同一件事各人画来趣味各别。

楼下是埃及古物陈列室，大大小小的"木乃伊"都有；小孩的也有。有些在头部放着一块板，板上画着死者的面相；这是用熔蜡画的，画法已失传。这似乎是古人一件聪明的安排，让千秋万岁后，还能辨认他们的面影。另有人种学博物院在别一条街上，分两院。所藏既丰富，又多罕见的。第一院吐鲁番的壁画最多。那些完好的真是妙庄严相；那些零碎的也古色古香。中国日本的东西不少，陈列得有系统极了，中日人自己动手，怕也不过如此。第二院藏的日本的漆器与画很好。史前的材料都收在这院里。有三间屋专陈列一八七一到一八九零希利曼（Heinrich Schliemann）发掘特罗衣（即特洛伊，Troy）城所得的遗物。

故宫在博物院洲之北，一九二一年改为博物院，分历史的工艺的两部分。历史的部分都是王族用过的公私屋子。这些屋子每间一个样子；屋顶，墙壁，地板，颜色，陈设，各有各的格调。但辉煌精致，是异曲同工的。有一间屋顶作穹隆形状，蓝地金星，俨然夜天的光景。又一间张着一大块伞形的绸子，像在遮着太阳。又一间用了“古络钱”纹做全室的装饰。壁上或画画，或挂画。地板用细木头嵌成种种花样，光滑无比。外国的宫殿外观常不如中国的宏丽，但里边装饰的精美，我们却断乎不及。故宫西头是皇储旧邸。

一九一九年因为国家画院的画拥挤不堪，便将近代的作品挪到这儿，陈列在前边的屋子里。大部分是印象派表现派，也有立体派。表现派是德国自己的画派。原始的精神，狂热的色调，粗野模糊的构图，你像在大野里大风里大火里。有一件立体派的雕刻，是三个人像。虽然多是些三角形，直线，可是一个有一个的神气，彼此还互相照应，像真会说话一般。表现派的精神现在还多多少少存在：柏林魏坦公司六月间有所谓“民众艺术展览会”，出售小件用具和玩物。玩物里如小动物孩子头之类，颇有些奇形怪状，别具风趣的。还有展览场六月间的展览里，有一部是剪贴画。用颜色纸或布拼凑成形，安排在一块地子上，一面加上些沙子等，教人有实体之感，一面却故意改变形体的比例与线条的曲直，力避写实的手法。有些现代人大约“是”要看了这种手艺才痛快的。

这一回展览里有好些小家屋的模型，有大有小。大概造起来省钱；屋子里空气，光，太阳都够现代人用。没有那些无用的装饰，只看见横竖的直线。用颜色，或用对照的颜色，教人看一所屋子是“整个儿”，不零碎，不琐屑。小家屋如此，“大厦”也如此。德国的建筑与荷兰不同。他们注重实用，以简单为美，有时候未免太朴素些。近年来柏林这种新房子造得不少。这已不是少数艺术家的试验而是一般人的需要了。“新西区”一带便都是的。那一带住屋小而巧，里面的装饰干净利落，不显一点板滞。“大厦”多在东头亚历山大场，似乎美观的少。有些满用横线，像夹沙糕，有些满用直线，这自然说的是窗子。用直线的据说是美国影响。但美国房屋高入云霄，用直线合式；柏林的低多了，又向横里伸张，用直线便大大地不谐和了。“大厦”之外还有“广场”，刚才说的展览场便是其一。

这个广场有八座大展览厅，连附属的屋子共占地十八万二千平方英尺；空场子合计起来共占地六十五万平方英尺。乍走进去的时候，摸不着头脑，仿佛连自己也会丢掉似的。建筑都是新式。整个的场子若在空中看，是一幅图案，轻灵而不板重。德意志体育场，中央飞机场，也都是这一类新造的广场。前两个在西，后一个在南，自然都在市外。此外电影院跳舞场往往得风气之先，也有些新式样。如铁他尼亚宫电影院，那台，那灯，那花楼，不是用圆，用弧线，便是用与弧线相近的曲线，要的也是一个干净利落罢了。台上一圈儿一圈儿有些像排箫的是管风琴。管风琴安排起来最累赘，这儿的布置却新鲜悦目，也许电影管风琴简单些，才可以这么办。颜色用白银与淡黄对照，教人常常清醒。

祖国舞场也是新式，但多用直线形；颜色似乎多一种黑。

这里面有许多咖啡室。日本室便按日本式陈设，土耳其室便按土耳其式。还有莱茵室，在壁上画着莱茵河的风景，用好些小电灯点缀在天蓝的背景上，看去略得河上的夜的意思——自然，屋里别处是不用灯的。还有雷电室，壁上画着雷电的情景，用电光运转；电射雷鸣，与音乐应和着。爱热闹的人都上那儿去。

柏林西南有个波次丹（Potsdam），是佛来德列大帝的城。城外有个无愁园，园里有个无愁宫，便是大帝常住的地方。大帝迷法国，这座宫，这座园子都仿凡尔赛的样子。但规模小多了，神儿差远了。大帝和伏尔泰是好朋友，他请伏尔泰在宫里住过好些日子，那间屋便在宫西头。宫西边有一架大风车。据说大帝不喜欢那风车日夜转动的声音，派人跟那产主说要买它。出乎意外，产主楞不肯。大帝恼了，又派人去说，不卖便要拆。产主也恼了，说，他会拆，我会告他。大帝想不到乡下人这么倔强，大加赏识，那风车只好由它响了。因此现在便叫它做“历史的风车”。隔无愁宫没多少路，有一座新宫，里面有一间“贝厅”，墙上地上满嵌着美丽的贝壳和宝石，虽然奇诡，却以素雅胜。

莱茵河

莱茵河（The Rhine）发源于瑞士阿尔卑斯山中，穿过德国东部，流入北海，长约二千五百里。分上中下三部分。从马恩斯（Mains）到哥龙（Cologne）算是“中莱茵”；游莱茵河的都走这一段儿。天然风景并不异乎寻常地好；古迹可异乎寻常地多。尤其是马恩斯与考勃伦兹（Koblenz）之间，两岸山上布满了旧时的堡垒，高高下下的，错错落落的，斑斑驳驳的：有些已经残破，有些还完好无恙。这中间住过英雄，住过盗贼，或据险自豪，或纵横驰骤，也曾热闹过一番。现在却无精打采，任凭日晒风吹，一声儿不响。坐在轮船上两边看，那些古色古香各种各样的堡垒历历的从眼前过去；仿佛自己已经跳出了这个时代而在那些堡垒里过着无拘无束的日子。游这一段儿，火车却不如轮船：朝日不如残阳，晴天不如阴天，阴天不如月夜——月夜，再加上几点儿萤火，一闪一闪的在寻觅荒草里的幽灵似的。最好还得爬上山去，在堡垒内外徘徊徘徊。

这一带不但史迹多，传说也多。最凄艳的自然是脍炙人口的声闻岩头的仙女子。声闻岩在河东岸，高四百三十英尺，一大片暗淡的悬岩，嶙嶙峋峋的；河到岩南，向东拐个小湾，这里有顶大的回声，岩因此得名。相传往日岩头有个仙女美极，终日歌唱不绝。一个船夫傍晚行船，走过岩下。听见她的歌声，仰头一看，不觉忘其所以，连船带人都撞碎在岩上。后来又死了一位伯爵的儿子。这可闯下大祸来了。伯爵派兵遣将，给儿子报仇。他们打算捉住她，锁起来，从岩顶直摔下河里去。但是她不愿死在他们手里，她呼唤莱茵母亲来接她；河里果然白浪翻腾，她便跳到浪里。从此声闻岩下听不见歌声，看不见倩影，只剩晚霞在岩头明灭（朱绍华先生《莱茵纪游》，看《行云流水》）。德国大诗人海涅有诗咏此事；此事传播之广，这篇诗也有关系的。友人淦克超先生曾译第一章云：传闻旧低徊，我心何悒悒。两峰隐夕阳，莱茵流不息。峰际一美人，粲然金发明，清歌时一曲，余音响入云。凝听复凝望，舟子忘所向，怪石耿中流，人与舟俱丧。

这座岩现在是已穿了隧道通火车了。

哥龙在莱茵河西岸，是莱茵区最大的城，在全德国数第三。从甲板上看教堂的钟楼与尖塔这儿那儿都是的。虽然多么繁华一座商业城，却不大有俗尘扑到脸上。英国诗人柯勒列治说：人知莱茵河，洗净哥龙市；水仙你告我，今有何神力，洗净莱茵水？

那些楼与塔镇压着尘土，不让飞扬起来，与莱茵河的洗刷是异曲同工的。哥龙的大教堂是哥龙的荣耀；单凭这个，哥龙便不死了。这是戈昔式，是世界上最宏大的戈昔式教堂之一。建筑在一二四八年，到一八八零年才全部落成。欧洲教堂往往如此，大约总是钱不够之故。教堂门墙伟丽，尖拱和直棱，特意繁密，又雕了些小花，小动物，和《圣经》人物，零星点缀着；近前细看，其精工真令人惊叹。门墙上两尖塔，高五百十五英尺，直入云霄。戈昔式要的是高而灵巧，让灵魂容易上通于天。这也是月光里看好。淡蓝的天干干净净的，只有两条尖尖的影子映在上面；像是人天仅有的通路，又像是人类祈祷的一双胳膊。森严肃穆，不说一字，抵得千言万语。教堂里非常宽大，顶高一百六十英尺。大石柱一行行的，高的一百四十八英尺，低的也六十英尺，都可合抱；在里面走，就像在大森林里，和世界隔绝。尖塔可以上去，玲珑剔透，有凌云之势。塔下通回廊。廊中向下看教堂里，觉得别人小得可怜，自己高得可怪，真是颠倒梦想。

巴黎

塞纳河穿过巴黎城中，像一道圆弧。河南称为左岸，著名的拉丁区就在这里。河北称为右岸，地方有左岸两个大，巴黎的繁华全在这一带；说巴黎是“花都”，这一溜儿才真是的。右岸不是穷学生苦学生所能常去的，所以有一位中国朋友说他是左岸的人，抱“不过河”主义；区区一衣带水，却分开了两般人。但论到艺术，两岸可是各有胜场；我们不妨说整个儿巴黎是一座艺术城。从前人说“六朝”卖菜佣都有烟水气，巴黎人谁身上大概都长着一两根雅骨吧。你瞧公园里，大街上，有的是喷水，有的是雕像，博物院处处是，展览会常常开；他们几乎像呼吸空气一样呼吸着艺术气，自然而然就雅起来了。

右岸的中心是刚果方场。这方场很宽阔，四通八达，周围都是名胜。中间巍巍地矗立着埃及拉米塞司第二的纪功碑。碑是方锥形，高七十六英尺，上面刻着象形文字。一八三六年移到这里，转眼就是一百年了。左右各有一座铜喷水，大得很。水池边环列着些铜雕像，代表着法国各大城。其中有一座代表司太司堡。自从一八七零年那地方割归德国以后，法国人每年七月十四国庆日总在像上放些花圈和大草叶，终年地搁着让人惊醒。直到一九一八年十一月和约告成，司太司堡重归法国，这才停止。纪功碑与喷水每星期六晚用弧光灯照耀。那碑像从幽暗中颖脱而出；那水像山上崩腾下来的雪。这场子原是法国革命时候断头台的旧址。在“恐怖时代”，路易十六与王后，还有各党各派的人轮班在这儿低头受戮。但现在一点痕迹也没有了。

刚果方场西是大名鼎鼎的仙街，直达凯旋门。有四里半长。凯旋门地势高，从刚果方场望过去像没多远似的，一走可就知道。街的东半截儿，两旁简直是园子，春天绿叶子密密地遮着；西半截儿才真是街。街道非常宽敞。夹道两行树，笔直笔直地向凯旋门奔凑上去。凯旋门巍峨爽朗地盘踞在街尽头，好像在半天上。欧洲名都街道的形势，怕再没有赶上这儿的；称为“仙街”，不算说大话。街上有戏院，舞场，饭店，够游客们玩儿乐的。

凯旋门一八零六年开工，也是拿破仑造来纪功的。但他并没有看它的完成。门高一百六十英尺，宽一百六十四英尺，进身七十二英尺，是世界凯旋门中最大的。门上雕刻着一七九二至一八一五年间法国战事片段的景子，都出于名手。其中罗特（Burguudian Rude，十九世纪）的“出师”一景，慷慨激昂，至今还可以作我们的气。这座门更有一个特别的地方：在拿破仑周忌那一天，从仙街向上看，团团的落日恰好扣在门圈儿里。门圈儿底下是一个无名兵士的墓；他埋在这里，代表大战中死难的一百五十万法国兵。墓是平的，地上嵌着文字；中央有个纪念火，焰子粗粗的，红红的，在风里摇晃着。这个火每天由参战军人团团员来点。门顶可以上去，乘电梯或爬石梯都成；石梯是二百七十三级。上面看，周围不下十二条林荫路，都辐辏到门下，宛然一个大车轮子。

刚果方场东北有四道大街衔接着，是巴黎最繁华的地方。大铺子差不多都在这一带，珠宝市也在这儿。各店家陈列窗里五花八门，五光十色，珍奇精巧，兼而有之；管保你走一天两天看不完，也看不倦。步道上人挨挨凑凑，常要躲闪着过去。电灯一亮，更不容易走。街上“咖啡”东一处西一处的，沿街安着座儿，有点儿像北平中山公园里的茶座儿。客人慢慢地喝着咖啡或别的，慢慢地抽烟，看来往的人。

“咖啡”本是法国的玩意儿；巴黎差不多每道街都有，怕是比那儿都多。巴黎人喝咖啡几乎成了癖，就像我国南方人爱上茶馆。“咖啡”里往往备有纸笔，许多人都在那儿写信；还有人让“咖啡”收信，简直当做自己的家。文人画家更爱坐“咖啡”；他们爱的是无拘无束，容易会朋友，高谈阔论。爱写信固然可以写信，爱做诗也可以做诗。大诗人魏尔仑（Verlaine）的诗，据说少有不在“咖啡”里写的。

巴黎人吃早点，多半在“咖啡”里。普通是一杯咖啡，两三个月芽饼就够了，不像英国人吃得那么多。月芽饼是一种面包，月芽形，酥而软，趁热吃最香；法国人本会烘面包，这一种不但好吃，而且好看。

卢森堡花园也在左岸，因卢森堡宫而得名。宫建于十七世纪初年，曾用作监狱，现在是上议院。花园甚大。里面有两座大喷水，背对背紧挨着。其一是梅迭契喷水，雕刻的是亚西司（Acis）与加拉台亚（Galatea）的故事。巨人波力非摩司（Polyphamos）爱加拉台亚。他晓得她喜欢亚西司，便向他头上扔下一块大石头，将他打死。加拉台亚无法使亚西司复活，只将他变成一道河水。

这个故事用在一座喷水上，倒有些远意。园中绿树成行，浓荫满地，白石雕像极多，也有铜的。巴黎的雕像真如家常便饭。花园南头，自成一局，是一条荫道。最南头，天文台前面又是一座喷水，中央四个力士高高地扛着四限仪，下边环绕着四对奔马，气象雄伟得很。这是卡波（Carpeaus，十九世纪）所作。卡波与罗特同为写实派，所作以形线柔美著。

沿着塞纳河南的河墙，一带旧书摊儿，六七里长，也是左岸特有的风光。有点像北平东安市场里旧书摊儿。可是背景太好了。河水终日悠悠地流着，两头一眼望不尽；左边卢佛宫，右边圣母堂，古香古色的。书摊儿黯黯的，低低的，窄窄的一溜；一小格儿一小格儿，或连或断，可没有东安市场里的大。摊上放着些破书；旁边小凳子上坐着掌柜的。到时候将摊儿盖上，锁上小铁锁就走。这些情形也活像东安市场。

铁塔在巴黎西头，塞纳河东岸，高约一千英尺，算是世界上最高的塔。工程艰难浩大，建筑师名爱非尔（Eiffel），也称为爱非尔塔（即埃菲尔铁塔）。全塔用铁骨造成，如网状，空处多于实处，轻便灵巧，亭亭直上，颇有戈昔式的余风。塔基占地十七亩，分三层。头层离地一百八十六英尺，二层三百七十七英尺，三层九百二十四英尺，连顶九百八十四英尺。头二层有“咖啡”，酒馆及小摊儿等。电梯步梯都有，电梯分上下两厢，一厢载直上直下的客人，一厢载在头层停留的客人。最上层却非用电梯不可。那梯口常常拥挤不堪。

塔上最宜远望，全巴黎都在眼下。但尽是密匝匝的房子，只觉应接不暇而无苍茫之感。塔上满缀着电灯，晚上便是种种广告；在暗夜里这种明妆倒值得一番领略。隔河是特罗卡代罗（Trocadéro）大厦，有道桥笔直地通着。这所大厦是为一八七八年的博览会造的。中央圆形，圆窗圆顶，两支高高的尖塔分列顶侧；左右翼是新月形的长房。下面许多级台阶，阶下一个大喷水池，也是圆的。大厦前是公园，铁塔下也是的；一片空阔，一片绿。所以大厦远看近看都显出雄巍巍的。大厦的正厅可容五千人。它的大在横里；铁塔的大在直里。一横一直，恰好称得住。

歌剧院在右岸的闹市中。门墙是威尼斯式，已经乌暗暗的，走近前细看，才见出上面精美的雕饰。下层一排七座门，门间都安着些小雕像。其中罗特的《舞群》，最有血有肉，有情有力。罗特是写实派作家，所以如此。但因为太生动了，当时有些人还见不惯。

一八六九年这些雕像揭幕的时候，一个宗教狂的人，趁夜里悄悄地向这群像上倒了一瓶墨水。这件事传开了，然而罗特却因此成了一派。院里的楼梯以宏丽著名。全用大理石，又白，又滑，又宽；栏杆是低低儿的。加上罗马式圆拱门，一对对爱翁匿克式石柱，雕像上的电灯烛，真是堆花簇锦一般。那一片电灯光像海，又像月，照着你缓缓走上梯去。幕间休息的时候，大家都离开座儿各处走。这儿休息的时间特别长，法国人乐意趁这闲工夫在剧院里散散步，谈谈话，来一点吃的喝的。休息室里散步的人最多。这是一间顶长顶高的大厅，华丽的灯光淡淡地布满了一屋子。一边是成排的落地长窗，一边是几座高大的门；墙上略略有些装饰，地下铺着毯子。屋里空落落的，客人穿梭般来往。太太小姐们大多穿着各色各样的晚服，露着脖子和膀子。“衣香鬟影”，这里才真够味儿。歌剧院是国家的，只演古典的歌剧，间或也演队舞，总是堂皇富丽的玩艺儿。

国葬院在左岸。原是巴黎护城神圣也奈韦夫（St · Genevi é ve）的教堂；大革命后，一般思想崇拜神圣不如崇拜伟人了，于是改为这个；后来又改回去两次，一八五五年才算定了。伏尔泰，卢梭，雨果，左拉，都葬在这里。院中很为宽宏，高大的圆拱门，架着些圆顶，都是罗马式。顶上都有装饰的图案和画。中央的穹隆顶高二百七十二英尺，可以上去。院中壁上画着法国与巴黎的历史故事，名笔颇多。

左岸还有伤兵养老院。其中兵甲馆，收藏废弃的武器及战利品。有一间满悬着三色旗，屋顶上正悬着，两壁上斜插着，一面挨一面的。屋子很长，一进去但觉千层百层鲜明的彩色，静静地交映着。院有穹隆顶，高三百四十英尺，直径八十六英尺，造于十七世纪中，优美庄严，胜于国葬院的。顶下原是一个教堂，拿破仑墓就在这里。堂外有宽大的台阶儿，有多力克式与哥林斯式石柱。进门最叫你舒服的是那屋里的光。那是从染色玻璃窗射下来的淡淡的金光，软得像一股水。堂中央一个窨，圆的，深二十英尺，直径三十六英尺，花岗石柩居中，十二座雕像环绕着，代表拿破仑重要的战功；像间分六列插着五十四面旗子，是他的战利品。堂正面是祭坛；周围许多龛堂，埋着王公贵人。一律圆拱门；地上嵌花纹，窨中也这样。拿破仑死在圣海仑岛，遗嘱愿望将骨灰安顿在塞纳河旁，他所深爱的法国人民中间。待他死后十九年，一八四零，这愿望才达到了。

塞纳河里有两个小洲，小到不容易觉出。西头的叫城洲，洲上两所教堂是巴黎的名迹。洲东的圣母堂更为煊赫。堂成于十二世纪，中间经过许多变迁，到十九世纪中叶重修，才有现在的样子。这是“装饰的戈昔式”建筑的最好的代表。正面朝西，分三层。下层三座尖拱门。这种门很深，门圈儿是一棱套着一棱的，越望里越小；棱间与门上雕着许多大像小像，都是《圣经》中的人物。中层是窗子，两边的尖拱形，分雕着亚当夏娃像；中央的浑圆形，雕着“圣处女”像。上层是栏干。最上两座钟楼，各高二百二十七英尺；两楼间露出后面尖塔的尖儿，一个伶俐瘦劲的身影。

这座塔是勒丢克（Viollet le Duc，十九世纪）所造，比钟楼还高五十八英尺；但从正面看，像一般高似的，这正是建筑师的妙用。朝南还有一个旁门，雕饰也繁密得很。从背后看，左右两排支墙像一对对的翅膀，作飞起的势子。支墙上虽也有些装饰，却不为装饰而有。原来戈昔式的房子高，窗子大，墙的力量支不住那些石头的拱顶，因此非从墙外想法不可。支墙便是这样来的。这是戈昔式的致命伤；许多戈昔式建筑容易圮毁，正是为此。堂里满是彩绘的高玻璃窗子，阴森森的，只看见石柱子，尖拱门，肋骨似的屋顶。中间神堂，两边四排廊路，周围三十七间龛堂，像另自成个世界。

拿破仑于一八零四年在这儿加冕，那时穿的长袍也陈列在这个库里。北钟楼许人上去，可以看见墙角上石刻的妖兽，奇丑怕人，俯视着下方，据说是吐溜水的。雨果写过《巴黎圣母堂》一部小说，所叙是四百年前的情形，有些还和现在一样。

圣龛堂在洲西头，是全巴黎戈昔式建筑中之最美丽者。罗斯金更说是“北欧洲最珍贵的一所戈昔式”。在一二三八那一年，“圣路易”王听说君士坦丁皇帝包尔温将“棘冠”押给威尼斯商人，无力取赎，“棘冠”已归商人们所有，急得什么似的。他要将这件无价之宝收回，便异想天开地在犹太人身上加了一种“苛捐杂税”。过了一年，“棘冠”果然弄回来，还得了些别的小宝贝，如“真十字架”的片段等等。他这一乐非同小可，命令某建筑师造一所教堂供奉这些宝物；要造得好，配得上。一二四五年起手，三年落成。名建筑家勒丢克说，“这所教堂内容如此复杂，花样如此繁多，活儿如此利落，材料如此美丽，真想不出在那样短的时期里如何成功的。”这样两个龛堂，一上一下，都是金碧辉煌的。下堂尖拱重叠，纵横交互；中央拱抵而阔，所以地方并不大而极有开朗之势。堂中原供的“圣处女”像，传说灵迹甚多。上堂却高多了，有彩绘的玻璃窗子十五堵；窗下沿墙有龛，低得可怜相。柱上相间地安着十二使徒像；有两尊很古老，别的都是近世仿作。玻璃绘画似乎与戈昔艺术分不开；十三世纪后者最盛，前者也最盛。画法用许多颜色玻璃拼合而成，相连处以铅焊之，再用铁条夹住。着色有浓淡之别。淡色所以使日光柔和缥缈。但浓色的多，大概用深蓝作地子，加上点儿黄白与宝石红，取其衬托鲜明。这种窗子也兼有装饰与教导的好处；所画或为几何图案，或为人物故事。还有一堵“玫瑰窗”，是象征“圣处女”的；画是圆形，花纹都从中心分出。据说这堵窗是玫瑰窗中最亲切有味的，因为它的温暖的颜色比别的更接近看的人。但这种感想东方人不会有。这龛堂有一座金色的尖塔，是勒丢克造的。

毛得林堂在刚果方场之东北，造于近代。形式仿希腊神庙，四面五十二根哥林斯式石柱，围成一个廊子。壁上左右各有一排大龛子，安着群圣的像。堂里也是一行行同式的石柱；却使用各种颜色的大理石，华丽悦目。圣心院在巴黎市外东北方，也是近代造的，至今还未完成，堂在一座小山的顶上，山脚下有两道飞阶直通上去。也通索子铁路。堂的规模极宏伟，有四个穹隆顶，一个大的，带三个小的，都量卑赞廷式；另外一座方形高钟楼，里面的钟重二万九千斤。堂里能容八千人，但还没有加以装饰。房子是白色，台阶也是的，一种单纯的力量压得住人。堂高而大，巴黎周围若干里外便可看见。站在堂前的平场里，或爬上穹隆顶里，也可看个五六十里。造堂时工程浩大，单是打地基一项，就花掉约四百万元；因为土太松了，撑不住，根基要一直打到山脚下。所以有人半真半假地说，就是移了山，这教堂也不会倒的。

巴黎博物院之多，真可算甲于世界。就这一桩儿，便可教你流连忘返。但须徘徊玩索才有味，走马看花是不成的。一个行色匆匆的游客，在这种地方往往无可奈何。博物院以卢佛宫（即卢浮宫，Louvre）为最大；这是就全世界论，不单就巴黎论。卢佛宫在加罗塞方场之东；主要的建筑是口字形，南头向西伸出一长条儿。这里本是一座堡垒，后来改为王宫。大革命后，各处王宫里的画，宫苑里的雕刻，都保存在此；改为故宫博物院，自然是很顺当的。博物院成立后，历来的政府都尽力搜罗好东西放进去；拿破仑从各国"搬"来大宗的画，更为博物院生色不少。宫房占地极宽，站在那方院子里，颇有海阔天空的意味。院子里养着些鸽子，成群地孤单地仰着头挺着胸在地上一步步地走，一点不怕人。撒些饼干面包之类，它们便都向你身边来。房子造得秀雅而庄严，壁上安着许多王公的雕像。熟悉法国历史的人，到此一定会发思古之幽情的。

卢佛宫好像一座宝山，蕴藏的东西实在太多，教人不知从那儿说起好。画为最，还有雕刻，古物，装饰美术等等，真是琳琅满目。乍进去的人一时摸不着头脑，往往弄得糊里糊涂。

就中最脍炙人口的有三件。一是达芬奇的《蒙那丽沙》像，大约作于一五零五年前后，是觉孔达（Joconda）夫人的画像。相传达芬奇这幅像画了四个年头，因为要那甜美的微笑的样子，每回“临像”的时候，总请些乐人弹唱给她听，让她高高兴兴坐着。像画好了，他却爱上她了。这幅画是佛兰西司第一手里买的，他没有准儿许认识那女人。一九一一年画曾被人偷走，但两年之后，到底从意大利找回来了。十六世纪中叶，意大利已公认此画为不可有二的画像杰作，作者在与造化争巧。画的奇处就在那一丝儿微笑上。那微笑太飘忽了，太难捉摸了，好像常常在变幻。这果然是个“奇迹”，不过也只是造形的“奇迹”罢了。这儿也有些理想在内；达芬奇笔下夹带了一些他心目中的圣母的神气。近世讨论那微笑的可太多了。诗人，哲学家，有的是；他们都想找出点儿意义来。于是蒙那丽沙成为一个神秘的浪漫的人了；她那微笑成为“人狮的凝视”或“鄙薄的讽笑”了。这大概是她与达芬奇都梦想不到的吧。

二是米罗（Milo）《爱神》像。一八二零年米罗岛一个农人发见这座像，卖给法国政府只卖了五千块钱。据近代考古学家研究，这座像当作于纪元前一百年左右。那两只胳膊都没有了；它们是怎么个安法，却大大费了一班考古家的心思。这座像不但有生动的形态，而且有温暖的骨肉。她又强壮，又清明；单纯而伟大，朴真而不奇。所谓清明，是身心都健的表象，与麻木不同。这种作风颇与纪元前五世纪希腊巴昔农（Panthenon）庙的监造人，雕刻家费铁亚司（Phidias）相近。因此法国学者雷那西（S.Reinach）在他的名著《亚波罗》（美术史）中相信这座像作于纪元前四世纪中。他并且相信这座像不是爱神微那司而是海女神安非特利特（Amphitrite）；因为它没有细腻，缥缈，娇羞，多情的样子。三是沙摩司雷司（Samothrace）的《胜利女神像》。女神站在冲波而进的船头上，吹着一支喇叭。但是现在头和手都没有了，剩下翅膀与身子。这座像是还愿的。纪元前三零六年波立尔塞特司（Demetrius Poliorcetes）在塞勃勒司（Cyprus）岛打败了埃及大将陶来买（Ptolemy）的水师，便在沙摩司雷司岛造了这座像。衣裳雕得最好；那是一件薄薄的软软的衣裳，光影的准确，衣褶的精细流动；加上那下半截儿被风吹得好像弗弗有声，上半截儿却紧紧地贴着身子，很有趣地对照着。因为衣裳雕得好，才显出那筋肉的力量；那身子在摇晃着，在挺进着，一团胜利的喜悦的劲儿。还有，海风呼呼地吹着，船尖儿嗤嗤地响着，将一片碧波分成两条长长的白道儿。

卢森堡博物院专藏近代艺术家的作品。他们或新故，或还生存。这里比卢佛宫明亮得多。进门去，宽大的甬道两旁，满陈列着雕像等；里面却多是画。雕刻里有彭彭（Pompon）的《狗熊》与《水禽》等，真是大巧若拙。彭彭现在大概有七八十岁了，天天上动物园去静观禽兽的形态。他熟悉它们，也亲爱它们，所以做出来的东西神气活现；可是形体并不像照相一样地真切，他在天然的曲线里加上些小小的棱角，便带着点“建筑”的味儿。于是我们才看见新东西。那《狗熊》和实物差不多大，是石头的；那《水禽》等却小得可以供在案头，是铜的。雕像本有两种手法，一是干脆地砍石头，二是先用泥塑，再浇铜。彭彭从小是石匠，石头到他手里就像豆腐。他是巧匠而兼艺术家。动物雕像盛于十九世纪的法国；那时候动物园发达起来，供给艺术家观察，研究，描摹的机会。动物素描之成为画的一支，也从这时候起。院里的画受后期印象派的影响，找寻人物的“本色”，大抵是鲜明的调子。不注重画面的“体积”而注重装饰的效用。也有细心分别光影的，但用意还在找寻颜色，与印象派之只重光影不一样。

砖场花园的南犄角上有网球场博物院，陈列外国近代的画与雕像。北犄角上有奥兰纪利博物院，陈列的东西颇杂，有马奈（Manet，九世纪法国印象派画家）的画与日本的浮世绘等。浮世绘的着色与构图给十九世纪后半法国画家极深的影响。莫奈（Monet）画院也在这里。他也是法国印象派巨子，一九二六年才过去。印象派兴于十九世纪中叶，正是照相机流行的时候。这派画家想赶上照相机，便专心致志地分别光影；他们还想赶过照相机，照相没有颜色而他们有。他们只用原色；所画的画近看但见一处处的颜色块儿，在相当的距离看，才看出光影分明的全境界。他们的看法是迅速的综合的，所以不重“本色”（人物固有的颜色，随光影而变化），不重细节。莫奈以风景画著于世；他不但是印象派，并且是露天画派。露天画派反对画室里的画，因为都带着那黑影子；露天里就没有这种影子。这个画院里有莫奈八幅顶大的画，太大了，只好嵌在墙上。画院只有两间屋子，每幅画就是一堵墙，画的是荷花在水里。莫奈欢喜用蓝色，这几幅画也是如此。规模大，气魄厚，汪汪欲溢的池水，疏疏密密的乱荷，有些像在树荫下，有些像在太阳里。据内行说，这些画的章法，简直前无古人。

罗丹博物院在左岸。大战后罗丹的东西才收集在这里；已完成的不少，也有些未完成的。有群像，单像，胸像；有石膏仿本。还有画稿，塑稿。还有罗丹的遗物。罗丹是十九世纪雕刻大师；或称他为自然派，或称他为浪漫派。他有匠人的手艺，诗人的胸襟；他借雕刻来表现自己的情感。取材是不平常的，手法也是不平常的。常人以为美的，他觉得已无用武之地；他专找常人以为丑的，甚至于借重性交的姿势。又因为求表现的充分，不得不夸饰与变形。所以他的东西乍一看觉得“怪”，不是玩艺儿。从前的雕刻讲究光洁，正是“裁缝不露针线迹”的道理；而浪漫派艺术家恰相反，故意要显出笔触或刀痕，让人看见他们在工作中情感激动的光景。罗丹也常如此。他们又多喜欢用塑法，因为泥随意些，那凸凸凹凹的地方，那大块儿小条儿，都可以看得清楚。

克吕尼馆（Cluny）收藏罗马与中世纪的遗物颇多，也在左岸。罗马时代执政的宫在这儿。后来法兰族诸王也住在这宫里。十五世纪的时候，宫毁了，克吕尼寺僧改建现在这所房子，作他们的下院，是“后期戈昔”与“文艺复兴”的混合式。法国王族来到巴黎，在馆里暂住过的，也很有些人。这所房子后来又归了一个考古家。他搜集了好些古董；死后由政府收买，并添凑成一万件。画，雕刻，木刻，金银器，织物，中世纪上等家具，瓷器，玻璃器，应有尽有。房子还保存着原来的样子。入门就如活在几百年前的世界里，再加上陈列的零碎的东西，触鼻子满是古气。与这个馆毗连着的是罗马时代的浴室，原分冷浴热浴等，现在只看见些残门断柱（也有原在巴黎别处的），寂寞地安排着。浴室外是园子，树间草上也散布着古代及中世纪巴黎建筑的一鳞一爪，其中“圣处女门”最秀雅。

此外巴黎美术院（即小宫），装饰美术院都是杂拌儿。后者中有一间扇室，所藏都是十八世纪的扇面，是某太太的遗赠。十八世纪中国玩艺儿在欧洲颇风行，这也可见一斑。扇面满是西洋画，精工鲜丽；几百张中，只有一张中国人物，却板滞无生气。又有吉买博物院（Guimet），收藏远东宗教及美术的资料。伯希和取去敦煌的佛画，多数在这里。日本小画也有些。还有蜡人馆。据说那些蜡人做得真像，可是没见过那些人或他们的照相的，就感不到多大兴味，所以不如画与雕像。不过“隧道”里阴惨惨的，人物也代表着些阴惨惨的故事，却还可看。楼上有镜宫，满是镜子，顶上与周围用各色电光照耀，宛然千门万户，像到了万花筒里。

一九三二年春季的官“沙龙”在大宫中，顶大的院子里罗列着雕像；楼上下八十几间屋子满是画，也有些装饰美术。内行说，画像太多，真有“官”气。其中有安南阮某一幅，奖银牌；中国人一看就明白那是阮氏祖宗的影像。记得有个笑话，说一个贼混入人家厅堂偷了一幅古画，卷起夹在腋下。跨出大门，恰好碰见主人。那贼情急智生，便将画卷儿一扬，问道，“影像，要买吧？”主人自然大怒，骂了一声走进去。贼于是从容溜之乎也。那位安南阮某与此贼可谓异曲同工。大宫里，同时还有一个装饰艺术的“沙龙”，陈列的是家具，灯，织物，建筑模型等等，大都是立体派的作风。立体派本是现代艺术的一派，意大利最盛。影响大极了，建筑，家具，布匹，织物，器皿，汽车，公路，广告，书籍装订，都有立体派的份儿。平静，干脆，是古典的精神，也是这时代重理智的表现。在这个“沙龙”里看，现代的屋子内外都俨然是些几何的图案，和从前华丽的藻饰全异。还有一个“沙龙”，专陈列幽默画。画下多有说明。各画或描摹世态，或用大小文野等对照法，以传出那幽默的情味。有一幅题为《长褂子》，画的是夜宴前后客室中的景子：女客全穿短褂子，只有一人穿长的，大家的眼睛都盯着她那长出来的一截儿。她正在和一个男客谈话，似乎不留意。看她的或偏着身子，或偏着头，或操着手，或用手托着腮（表示惊讶），倚在丈夫的肩上，或打着看戏用的放大镜子，都是一副尴尬面孔。穿长褂子的女客在左首，左首共三个人；中央一对夫妇，右首三个女人，疏密向背都恰好；还点缀着些不在这一群里的客人。画也有不幽默的，也有太恶劣的；本来是幽默并不容易。

巴黎的坟场，东头以倍雷拉谢斯（Père Lachaise）为最大，占地七百二十亩，有二里多长。中间名人的坟颇多，可是道路纵横，找起来真费劲儿。阿培拉德与哀绿绮思两坟并列，上有亭子盖着；这是重修过的。王尔德的坟本葬在别处；死后九年，也迁到此场。坟上雕着个大飞人，昂着头，直着脚，长翅膀，像是合埃及的"狮人"与亚述的翅儿牛而为一，雄伟飞动，与王尔德并不很称。这是英国当代大雕刻家爱勃司坦（Epstein）的巨作；钱是一位倾慕王尔德的无名太太捐的。场中有巴什罗米（Bartholomé）雕的一座纪念碑，题为《致死者》。碑分上下两层，上层中间是死门，进去的两个人倒也行无所事的；两侧向门走的人群却牵牵拉拉，哭哭啼啼，跌跌倒倒，不得开交似的。下层像是生者的哀伤。此外北头的蒙马特，南头的蒙巴那斯两坟场也算大。茶花女埋在蒙马特场，题曰一八二四年正月十五日生，一八四七年二月三日卒。小仲马，海涅也在那儿。蒙巴那斯场有圣白孚，莫泊桑，鲍特莱尔等；鲍特莱尔的坟与纪念碑不在一处，碑上坐着一个悲伤的女人的石像。

巴黎的夜也是老牌子。单说六个地方。非洲饭店带澡堂子，可以洗蒸气澡，听黑人浓烈的音乐；店员都穿着埃及式的衣服。三藩咖啡看"爵士舞"，小小的场子上一对对男女跟着那繁声促节直扭腰儿。最警动的是那小圆木筒儿，里面像装着豆子之类。不时地紧摇一阵子。圆屋听唱法国的古歌；一扇门背后的墙上油画着蹲着在小便的女人。红磨坊门前一架小红风车，用电灯做了轮廓线；里面看小戏与女人跳舞。这在蒙巴特区。蒙马特是流浪人的区域。十九世纪画家住在这一带的不少，画红磨坊的常有。塔巴林看女人跳舞，不穿衣服，意在显出好看的身子。里多在仙街，最大。看变戏法，听威尼斯夜曲。里多岛本是威尼斯娱乐的地方。这儿的里多特意砌了一个池子，也有一支“刚朵拉”，夜曲是男女对唱，不过意味到底有点儿两样。

巴黎的野色在波隆尼林与圣克罗园里才可看见。波隆尼林在西北角，恰好在塞因河河套中间，占地一万四千多亩，有公园，大路，小路，有两个湖，一大一小，都是长的；大湖里有两个洲，也是长的。要领略林子的好处，得闲闲地拣深僻的地儿走。圣克罗园还在西南，本有离宫，现在毁了，剩下些喷水和林子。林子里有两条道儿很好。一条渐渐高上去，从树里两眼望不尽；一条窄而长，漏下一线天光；远望路口，不知是云是水，茫茫一大片。但真有野味的还得数枫丹白露的林子。枫丹白露在巴黎东南，一点半钟的火车。这座林子有二十七万亩，周围一百九十里。坐着小马车在里面走，幽静如远古的时代。太阳光将树叶子照得透明，却只一圈儿一点儿地洒到地上。路两旁的树有时候太茂盛了，枝叶交错成一座拱门，低低的；远看去好像拱门那面另有一界。林子里下大雨，那一片沙沙沙沙的声音，像潮水，会把你心上的东西冲洗个干净。林中有好几处山峡，可以试腰脚，看野花野草，看旁逸斜出，稀奇古怪的石头，像枯骨，像刺猬。亚勃雷孟峡就是其一，地方大，石头多，又是忽高忽低，走起来好。

枫丹白露宫建于十六世纪，后经重修。拿破仑一八一四年临去爱而巴岛的时候，在此告别他的诸将。这座宫与法国历史关系甚多。宫房外观不美，里面却精致，家具等等也考究。就中侍从武官室与亨利第二厅最好看。前者的地板用嵌花的条子板；小小的一间屋，共用九百条之多。复壁板上也雕绘着繁细的花饰，炉壁上也满是花儿，挂灯也像花正开着。后者是一间长厅，其大少有。地板用了二万六千块，一色，嵌成规规矩矩的几何图案，光可照人。厅中间两行圆拱门。门柱下截镶复壁板，上截镶油画；楣上也画得满满的。天花板极意雕饰，金光耀眼。宫外有园子，池子，但赶不上凡尔赛宫的。

凡尔赛宫在巴黎西南，算是近郊。原是路易十三的猎宫，路易十四觉得这个地方好，便大加修饰。路易十四是所谓“上帝的代表”，凡尔赛宫便是他的庙宇。那时法国贵人多一半住在宫里，伺候王上。他的侍从共一万四千人；五百人伺候他吃饭，一百个贵人伺候他起床，更多的贵人伺候他睡觉。那时法国艺术大盛，一切都成为御用的，集中在凡尔赛和巴黎两处。凡尔赛宫里装饰力求富丽奇巧，用钱无数。如金漆彩画的天花板，木刻，华美的家具，花饰，贝壳与多用错综交会的曲线纹等，用意全在教来客惊奇：这便是所谓“罗科科式”（Rococo）。

宫中有镜厅，十七个大窗户，正对着十七面同样大小的镜子；厅长二百四十英尺，宽三十英尺，高四十二英尺。拱顶上和墙上画着路易十四打胜德国，荷兰，西班牙的情形，画着他是诸国的领袖，画着他是艺术与科学的广大教主。近十几年来成为世界祸根的那和约便是一九一九年六月二十八那一天在这座厅里签的字。宫旁一座大园子，也是路易十四手里布置起来的。看不到头的两行树，有万千的气象。有湖，有花园，有喷水。花园一畦一个花样，小松树一律修剪成圆锥形，集法国式花园之大成。喷水大约有四十多处，或铜雕，或石雕，处处都别出心裁，也是集大成。

每年五月到九月，每月第一星期日，和别的节日，都有大水法。从下午四点起，到处银花飞舞，雾气沾人，衬着那齐斩斩的树，软茸茸的草，觉得立着看，走着看，不拘怎么看总成。海龙王喷水池，规模特别大；得等五点半钟大水法停后，让它单独来二十分钟。有时晚上大放花炮，就在这里。各色的电彩照耀着一道道喷水。花炮在喷水之间放上去，也是一道道的；同时放许多，便氤氲起一团雾。这时候电光换彩，红的忽然变蓝的，蓝的忽然变白的，真真是一眨眼。

卢梭园在爱尔莽浓镇（Ermenonville），巴黎的东北；要坐一点钟火车，走两点钟的路。这是道地乡下，来的人不多。园子空旷得很，有种荒味。大树，怒草，小湖，清风，和中国的郊野差不多，真自然得不可言。湖里有个白杨洲，种着一排白杨树，卢梭坟就在那小洲上。日内瓦的卢梭洲在仿这个；可是上海式的街市旁来那么个洲子，总有些不伦不类。

一九三一年夏天，“殖民地博览会”开在巴黎之东的万散园（Vincennes）里。那时每日人山人海。会中建筑都仿各地的式样，充满了异域的趣味。安南庙七塔参差，峥嵘肃穆，最为出色。这些都是用某种轻便材料造的，去年都拆了。各建筑中陈列着各处的出产，以及民俗。晚上人更多，来看灯光与喷水。每条路一种灯，都是立体派的图样。喷水有四五处，也是新图样；有一处叫“仙人球”喷水，就以仙人球做底样，野拙得好玩儿。这些自然都用电彩。还有一处水桥，河两岸各喷出十来道水，凑在一块儿，恰好是一座弧形的桥，教人想着走上一个水晶的世界去。

西行通讯

圣陶兄：

我等八月二十二日由北平动身，二十四日到哈尔滨。这至少是个有趣的地方，请听我说哈尔滨的印象。

这里分道里，道外，南岗，马家沟四部分。马家沟是新辟的市区，姑不论。南岗是住宅区，据说建筑别有风味；可惜我们去时，在没月亮的晚上。道外是中国式的市街，我们只走过十分钟。我所知的哈尔滨，是哈尔滨的道里，我们住的地方。

道里纯粹不是中国味儿。街上满眼是俄国人，走着的，坐着的；女人比那儿似乎都要多些。据说道里俄国人也只十几万；中国人有三十几万，但俄国人大约喜欢出街，所以便觉满街都是了。你黄昏后在中国大街上走（或在南岗秋林洋行前面走），瞧那拥拥挤挤的热闹劲儿。上海大马路等处入夜也闹攘攘的，但乱七八糟地各有目的，这儿却几乎满是逛街的。

这种忙里闲的光景，别处是没有的。

这里的外国人不像上海的英美人在中国人之上，可是也并不如有些人所想，在中国人之下。中国人算是不让他们欺负了，他们又怎会让中国人欺负呢？中国人不特别尊重他们，却是真的。他们的流品很杂，开大洋行小买卖的固然多，驾着汽车沿街兜揽乘客的也不少，赤着脚爱淘气的顽童随处可见。这样倒能和中国人混在一起，没有什么隔阂了。也许因白俄们穷无所归，才得如此；但这现象比上海沈阳等中外杂居的地方使人舒服多了。在上海沈阳冷眼看着，是常要生气，常要担心的。

这里人大都会说俄国话，即使是卖扫帚的。他们又大都有些外国规矩，如应诺时的“哼哼”，及保持市街清洁之类。但他们并不矜持他们的俄国话和外国规矩，也没有卖弄的意思，只看做稀松平常，与别处的“二毛子”大不一样。他们的外国化是生活自然的趋势，而不是奢侈的装饰，是“全民”的，不是少数“高等华人”的。一个生客到此，能领受着多少异域的风味而不感着窒息似的；与洋大人治下的上海，新贵族消夏地的青岛，北戴河，宛然是两个世界。

但这里虽有很高的文明，却没有文化可言。待一两个礼拜，甚至一个月，大致不会教你腻味，再多可就要看什么人了。这里没有一爿像样的书店，中国书外国书都很稀罕；有些大洋行的窗户里虽放着几本俄文书，想来也只是给商人们消闲的小说罢。最离奇的是这里市招上的中文，如“你吉达”，“民娘九尔”，“阿立古闹如次”等译音，不知出于何人之手。也难怪，中等教育，还在幼稚时期的，已是这里的最高教育了！这样算不算梁漱溟先生所说的整个欧化呢？我想是不能算的。哈尔滨和哈尔滨的白俄一样，这样下去，终于是非驴非马的畸形而已。虽在感着多少新鲜的意味的旅客的我，到底不能不作如此想。

这里虽是欧化的都会，但闲的处所竟有甚于北平的。大商店上午九点开到十二点，一点到三点休息；三点再开，五点便上门了。晚上呢，自然照例开电灯，让炫眼的窗饰点缀坦荡荡的街市。穿梭般的男女比白天多得多。俄国人，至少在哈尔滨的，像是与街有不解缘。在巴黎伦敦最热闹的路上，晚上逛街的似乎也只如此罢了。街两旁很多休息的长椅，并没有树荫遮着；许多俄国人就这么四无依傍地坐在那儿，有些竟是为了消遣来的。闲一些的街中间还有小花园，围以短短的栅栏，里面来回散步的不少。——你从此定可以想到，一个广大的公园，在哈尔滨是决少不了的。

这个现在叫做“特市公园”。大小仿佛北平的中山公园，但布置自然两样。里面有许多花坛，用各色的花拼成种种对称的图案；最有意思的是一处入口的两个草狮子。是蹲伏着的，满身碧油油的嫩草，比常见的狮子大些，神气自然极了。园内有小山，有曲水，有亭有桥；桥是外国式，以玲珑胜。水中可以划船，也还有些弯可转。这样便耐人寻味。又有茶座，电影场，电气马（上海大世界等处有）等。这里电影不分场，从某时至某时老是演着；当时颇以为奇，后来才知是外国办法。我们去的那天，正演《西游记》；不知别处会演些好片子否。这公园里也是晚上人多；据说俄国女人常爱成排地在园中走，排的长约等于路的阔，同时总有好两排走着，想来倒也很好看。特市公园外，警察告诉我们还有些小园子，不知性质如何。

这里的路都用石块筑成。有人说石头路尘土少些；至于不用柏油，也许因为冬天太冷，柏油不经冻之故。总之，尘土少是真的，从北平到这儿，想着尘土要多些，那知适得其反；在这儿街上走，从好些方面看，确是比北平舒服多了。因为路好，汽车也好。不止坐着平稳而已，又多！又贱！又快！满街是的，一扬手就来，和北平洋车一样。这儿洋车少而贵；几毛钱便可坐汽车，人多些便和洋车价相等。开车的俄国人居多，开得“棒”极了；拐弯，倒车，简直行所无事，还让你一点不担心。巴黎伦敦自然有高妙的车手，但车马填咽，显不出本领；街上的Taxi有时几乎像驴子似的。在这一点上，哈尔滨要强些。胡适之先生提倡“汽车文明”，这里我是第一次接触汽车文明了。上海汽车也许比这儿多，但太贵族了，没有多少意思。此地的马车也不少，也贱，和五年前南京的马车差不多，或者还要贱些。

这里还有一样便宜的东西，便是俄国菜。我们第一天在一天津馆吃面，以为便宜些；那知第二天吃俄国午餐，竟比天津馆好而便宜得多。去年暑假在上海，有人请吃“俄国大菜”，似乎那时很流行，大约也因为价廉物美吧。俄国菜分量多，便于点菜分食；比吃别国菜自由些；且油重，合于我们的口味。我们在街上见俄国女人的胫痴肥的多，后来在西伯利亚各站所见也如此；我们常说，这怕是菜里的油太重了吧。

最后我要说松花江，道里道外都在江南，那边叫江北。江中有一太阳岛，夏天人很多，往往有带了一家人去整日在上面的。岛上最好的玩意自然是游泳，其次许就算划船。我不大喜欢这地方，因为毫不整洁，走着不舒服。我们去的已不是时候，想下水洗浴，因未带衣服而罢。岛上有一个临时照相人。我和一位徐君同去，我们坐在小船上让他照一个相。岸边穿着游泳衣的俄国妇人孩子共四五人，跳跳跑跑地硬挤到我们船边，有的浸在水里，有的爬在船上，一同照在那张相里。这种天真烂漫，倒也有些教人感着温暖的。走方照相人，哈尔滨甚多，中国别的大都市里，似未见过；也是外国玩意儿。照得不会好，当时可取，足为纪念而已。从太阳岛划了小船上道外去。我是刚起手划船，在北平三海来过几回；最痛快是这回了。船夫管着方向，他的两桨老是伺候着我的。桨是洋式，长而匀称，支在小铁叉上，又稳，又灵活；桨片是薄薄的，弯弯的。江上又没有什么萍藻，显得宽畅之至。这样不吃力而得讨好，我们过了一个愉快的下午。第二天我们一伙儿便离开哈尔滨了。

此信八月三十一日在西伯利亚车中动手写，直耽搁到今日才写毕。在时间上，不在篇幅上，要算得是一通太长的信了，一切请原谅罢！

弟自清，一九三一年十月八日，伦敦。

二

圣陶兄：

这一回说给你我们过西伯利亚的情形。

平常想到西伯利亚，眼前便仿佛一片莽莽的平原，黯淡的斜阳照着，或者凛冽的北风吹着，或者连天的冰雪盖着。相信这个印象一半从《敕勒歌》来，一半从翻译的小说来；我们火车中所见，却并不如此惊心动魄的——大概是夏天的缘故罢。荒凉诚然不错，但沿路没有童山，千里的青绿，倒将西伯利亚化作平常的郊野了。只到处点缀着木屋，是向所未见。我们在西伯利亚七日，有五天都下雨；在那牛毛细雨中，这些微微发亮的木屋是有一种特别的调子的。

头两天是晴天，第一天的落日真好看；只有那时候我们承认西伯利亚的伟大。平原渐渐苍茫起来，它的边际不像白天分明，似乎伸展到无穷尽的样子。只有西方一大片深深浅浅的金光，像是一个海。我们指点着，这些是岛屿；那些是船只，还在微风中动摇着呢。金光炫烂极了，这地上是没有的。勉强打个比喻，也许像熊熊的火焰吧，但火焰究竟太平凡了。那深深浅浅的调子，倒有些像名油画家的画板，浓一块淡一块的；虽不经意，而每一点一堆都可见他的精神，他的姿态。那时我们说起“霞”这个名字，觉得声调很响亮，恰是充满了光明似的。又说到“晚霞”；“晚”的声调带一些冥没的意味，便令人有“已近黄昏”之感。L君说英文中无与“霞”相当的字，只能叫做“落日”；若真如此，我们未免要为英国人怅惘了。

第二天傍晚过贝加尔湖；这是一个大大有名的湖，我所渴想一看的。记得郭沫若君的诗里说过苏武在贝加尔湖畔牧羊，真是美丽而悲凉的想象。在黯淡的暮色中过这个寂寞的湖，我不禁也怀古起来了。晚餐前我们忽见窗外很远的一片水；大家猜，别是贝加尔湖吧？晚餐完时，车已沿着湖边走了。向北望去，只见渺渺一白，想不出那边还有地方。这湖单调极了。似乎每一点都同样的平静，没有一个帆影，也没有一个鸟影。夜来了，这该是死之国吧？但我还是坐在窗前呆看。东边从何处起，我们没留意；现在也像西边一样，是无穷的白水。车行两点多钟，贝加尔湖依然在窗外；天是黑透了，我走进屋内，到底不知什么时候完的。

在欧亚两洲交界处，有一段路颇有些中国意境，绵延不断的青山与悠然流着的河水，在几里路中只随意曲了几曲。山高而峻，不见多少峰峦，如削成的一座大围屏。车在山下沿着河走；河岸也是高峻，水像突然掉下去似的。从山顶到河面，是整整齐齐的两叠；除曲了那几曲外，这几里路中都是整齐的。整齐虽已是西方的好处，但那高深却还近乎中国的山水诗或山水画。河中见一狭狭的小舟，一个人坐着缓缓地划桨，那船和人都是灰暗的颜色；这才真是中国画了。

车中一间屋睡四个人，而我们只有三个。上车时想着能老占着一间屋就好。但晚上便来了一个女人，像是做工的或种地的。她坦然睡了上铺；这在国内是不会有的——我们不但是三个男人，并且是三个外国人！第二天她下车了，来的是三等车中唯一的绅士；他大概因为晚上我们出入拉门，扰他清梦，下一天搬到别屋里去。以后来的是兵，兵，兵！我们都说与兵有缘分呢。最后来了经济学博士，他的名字，我还记得，是约瑟，是玩纸牌时要按名记分，他告诉我们的。从前来者都只说俄国话，我们偶然也能答应一两个字；是从万国卧车公司的指南上学来，如“不”“三个”“多少”之类。“不”字用得最多，伴着的是一摇头。这自然干脆不过，但往往从此打断了谈话；到这地步，那一位大概不是站在门外窗口去看风景，便是闭上眼睡觉。这位约瑟君却不同，他除俄国话外，自己说还懂得法文；LH两位都懂法文，我们立刻觉得屋里更有意思起来了。

但约瑟君的法文却实在不够用，他只能说些单字。LH两位应付得很费力，可是他爱说话极了，老是支支节节地谈下去。他告诉我们，俄国报说汉口党人烧了美孚煤油公司；又问起好几个中国人的名字。难为他记得住这些名字！有一个下午，他拿了纸笔，画了地图，和我们议论天下大事。他说俄国从美国买机器，而卖粮食给它；中国从美国买粮食和日用品，白让它赚了钱去。他在地图上点了几点，写着，“血！”“血！”说中国只能将血滴给美国，没有别的。他似乎以为中国全然美国化了，这样东西也问“亚美利加？”那样也问“亚美利加？”

甚至我送他一包香片，也问“亚美利加？”我们赶紧说“中国”，“中国”，才收下了。

他又问我们什么党。我们三个都不在党；他奇怪极了，指着胸道，“我——博士——共产党！”指在他身旁的朋友道，“他——博士——共产党！”他喜欢喝酒，常和他的朋友上饭车去喝。也邀过我们两三次，总说，“同志——啤酒，”一面指着饭车那方面。我们都谢了。最后他似乎不大好意思，指点着道，“我——布尔乔——你们——普罗利特利亚特！”他又常指着他的衣服道，“不好看一俄罗斯；”指着我们的道，“亚美利加！”（两三天后在另一车上和一个十八岁的俄国工人谈话，一位高丽人给翻译。这是个天真烂漫的工人，他的衣服比我们粗糙多了，可是比我们贵多了。他露出羡慕的颜色，但我想起约瑟君的话，倒有些羡慕他们。）他是个和蔼的人，很帮我们的忙。快到莫斯科时，他一面剥着松子（沿路见俄国人吃松子的甚多，一粒粒地摘下来嗑着，似乎比嗑瓜子有意思），一面告诉我们他有妻有子，现在家里等着他呢。又指着远处，说他夏天和他们住在城外，天凉了才搬进城去。下车后他还特地到窗前来和我们扬手作别。他是黑头发，紫脸膛，绕腮胡根子；他说他现在是一个经济杂志编辑人。

本该下午两点到莫斯科；误了五点钟，到时天已全黑了。去波兰的车就要开；满心想看看莫斯科，却只见一片黑夜，我只得带着最大的失望上车走了。第二天下午在波兰换车上巴黎去。晚上到饭车吃饭，侍者穿着小礼服，鞠着躬和客人说话，客人也大都换上整齐的衣服端端正正坐着，与俄国饭车空气大不相同。我渐渐有些拘束起来了。

弟自清，一九三一年十一月十五日，伦敦。

三家书店

伦敦卖旧书的铺子，集中在切林克拉斯路（Charing Cross Road；那是热闹地方，顶容易找。路不宽，也不长，只这么弯弯的一段儿；两旁不短的是书，玻璃窗里齐整整排着的，门口摊儿上乱哄哄摆着的，都有。加上那徘徊在窗前的，围绕着摊儿的，看书的人，到处显得拥拥挤挤，看过去路便更窄了。摊儿上看最痛快，随你翻，用不着“劳驾”“多谢”；可是让风吹日晒的到底没什么好书，要看好的还得进铺子去。进去了有时也可随便看，随便翻，但用得着“劳驾”“多谢”的时候也有；不过爱买不买，决不至于遭白眼。说是旧书，新书可也有的是；只是来者多数为的旧书罢了。最大的一家要算福也尔（Foyle），在路西；新旧大楼隔着一道小街相对着，共占七号门牌，都是四层，旧大楼还带地下室——可并不是地窨子。店里按着书的性质分二十五部；地下室里满是旧文学书。这爿店二十八年前本是一家小铺子，只用了一个店员；现在店员差不多到了二百人，藏书到了二百万种，伦敦的《晨报》称为“世界最大的新旧书店”。两边店门口也摆着书摊儿，可是比别家的大。我的一本《袖珍欧洲指南》，就在这儿从那穿了满染着书尘的工作衣的店员手里，用半价买到的。在摊儿上翻书的时候，往往看不见店员的影子；等到选好了书四面找他，他却从不知那一个角落里钻出来了。但最值得流连的还是那间地下室；那儿有好多排书架子，地上还东一堆西一堆的。乍进去，好像掉在书海里；慢慢地才找出道儿来。屋里不够亮，土又多，离窗户远些的地方，白日也得开灯。可是看得自在；他们是早七点到晚九点，你待个几点钟不在乎，一天去几趟也不在乎。只有一件，不可着急。你得像逛庙会逛小市那样，一半玩儿，一半当真，翻翻看看，看看翻翻；也许好几回碰不见一本合意的书，也许霎时间到手了不止一本。

开铺子少不了生意经，福也尔的却颇高雅。他们在旧大楼的四层上留出一间美术馆，不时地展览一些画。去看不花钱，还送展览目录；目录后面印着几行字，告诉你要买美术书可到馆旁艺术部去。展览的画也并不坏，有卖的，有不卖的。他们又常在馆里举行演讲会，讲的人和主席的人当中，不缺少知名的。听讲也不用花钱；只每季的演讲程序表下，“恭请你注意组织演讲会的福也尔书店”。还有所谓文学午餐会，记得也在馆里。他们请一两个小名人做主角，随便谁，纳了餐费便可加入；英国的午餐很简单，费不会多。假使有闲工夫，去领略领略那名隽的谈吐，倒也值得的，不过去的却并不怎样多。

牛津街是伦敦的东西通衢，繁华无比，街上呢绒店最多；但也有一家大书铺，叫做彭勃思（Bumpus）的便是。这铺子开设于一七九零年左右，原在别处；一八五零年在牛津街开了一个分店，十九世纪末便全挪到那边去了，维多利亚时代，店主多马斯彭勃思很通声气，来往的有迭更斯，兰姆，麦考莱，威治威斯等人；铺子就在这时候出了名。店后本连着旧法院，有看守所，守卫室等，十几年来都让店里给买下了。这点古迹增加了人对于书店的趣味。法院的会议圆厅现在专作书籍展览会之用；守卫室陈列插图的书，看守所变成新书的货栈。但当日的光景还可从一些画里看出：如十八世纪罗兰生（Rowlandson）所画守卫室内部，是晚上各守卫提了灯准备去查监的情形，瞧着很忙碌的样子。再有一个图，画的是一七二九的一个守卫，神气够凶的。看守所也有一幅画，砖砌的一重重大拱门，石板铺的地，看守室的厚木板门严严锁着，只留下一个小方窗，还用十字形的铁条界着；真是铜墙铁壁，插翅也飞不出去。

这家铺子是五层大楼，却没有福也尔家地方大。下层卖新书，三楼卖儿童书，外国书，四楼五楼卖廉价书；二楼卖绝版书，难得的本子，精装的新书，还有《圣经》，祈祷书，书影等等，似乎是菁华所在。他们有初印本，精印本，著者自印本，著者签字本等目录，搜罗甚博，福也尔家所不及。新书用小牛皮或摩洛哥皮（山羊皮——羊皮也可仿制）装订，烫上金色或别种颜色的立体派图案；稀疏的几条平直线或弧线，还有“点儿”，错综着配置，透出干净，利落，平静，显豁，看了心目清朗。装订的书，数这儿讲究，别家书店里少见。书影是仿中世纪的抄本的一叶，大抵是祷文之类。中世纪抄本用黑色花体字，文首第一字母和叶边空处，常用蓝色金色画上各种花饰，典丽矞皇，穷极工巧，而又经久不变；仿本自然说不上这些，只取其也有一点古色古香罢了。

一九三一年里，这铺子举行过两回展览会，一回是剑桥书籍展览，一回是近代插图书籍展览，都在那“会议厅”里。重要的自然是第一回。牛津剑桥是英国最著名的大学；各有印刷所，也都著名。这里从前展览过牛津书籍，现在再展览剑桥的，可谓无遗憾了。这一年是剑桥目下的辟特印刷所（The Pitt Press）奠基百年纪念，展览会便为的庆祝这个。展览会由鼎鼎大名的斯密兹将军（General Smuts）开幕，到者有科学家詹姆士金斯（James Jeans），亚特爱丁顿（Arthur Eddington），还有别的人。展览分两部，现在出版的书约莫四千册是一类；另一类是历史部分。剑桥的书字型清晰，墨色匀称，行款合式，书扉和书衣上最见工夫；尤其擅长的是算学书，专门的科学书。这两种书需要极精密的技巧，极仔细的校对；剑桥是第一把手。但是这些东西，还有他们印的那些冷僻的外国语书，都卖得少，赚不了钱。除了是大学印刷所，别家大概很少愿意承印。剑桥又承印《圣经》；英国准印《圣经》的只剑桥牛津和王家印刷人。斯密兹说剑桥就靠《圣经》和教科书赚钱。可是《泰晤士报》社论中说现在印《圣经》的责任重大，认真地考究地印，也只能够本罢了。

一五八八年英国最早的《圣经》便是由剑桥承印的。英国印第一本书，出于伦敦威廉甲克司登（William Caxton）之手，那是一四七七年。到了一五二一，约翰席勃齐（John Siberch）来到剑桥，一年内印了八本书，剑桥印刷事业才创始。八年之后，大学方面因为有一家书纸店与异端的新教派勾结，怕他们利用书籍宣传，便呈请政府，求英王核准，在剑桥只许有三家书铺，让他们宣誓不卖未经大学检查员审定的书。那时英王是亨利第八；一五三四年颁给他们勅书，授权他们选三家书纸店兼印刷人，或书铺，“印行大学校长或他的代理人等所审定的各种书籍”。这便是剑桥印书的法律根据。不过直到一五八三年，他们才真正印起书来。那时伦敦各家书纸店有印书的专利权，任意抬高价钱。他们妒忌剑桥印书，更恨的是卖得贱。恰好一六二零年剑桥翻印了他们一本文法书，他们就在法庭告了一状。剑桥师生老早不乐意他们抬价钱，这一来更愤愤不平；大学副校长第二年乘英王詹姆士第一上新市场去，半路上就递上一件呈子，附了一个比较价目表。这样小题大做，真有些书呆子气。王和诸大臣商议了一下，批道，我们现在事情很多，没工夫讨论大学与诸家书纸店的权益；但准大学印刷人出售那些文法书，以救济他的支绌。这算是碰了个软钉子，可也算是胜利。那呈子，那批，和上文说的那本《圣经》都在这一回展览中。席勃齐印的八本书也有两种在这里。此外还有一六二九年初印的定本《圣经》，书扉雕刻繁细，手艺精工之极。又密尔顿的《力息达斯》（Lycidas）初本也在展览着，那是经他亲手校改过的。

近代插图书籍展览，在圣诞节前不久，大约是让做父母的给孩子们多买点节礼吧。但在一个外国人，却也值得看看。展览的是七十年来的作品，虽没有什么系统，在这里却可以找着各种美，各种趋势。插图与装饰画不一样，得吟味原书的文字，透出自己的机锋。心要灵，手要熟，二者不可缺一。或实写，或想象，因原书情境，画人性习而异。——童话的插图却只得凭空着笔，想象更自由些；在不自由的成人看来，也许别有一种滋味。看过赵译《阿丽思漫游奇境记》里谭尼尔（John Tenniel）的插画的，当会有同感吧。——所展览的，幽默，秀美，粗豪，典重，各擅胜场，琳琅满目；有人称为“视觉的音乐”，颇为近之。最有味的，同一作家，各家插画所表现的却大不相同。譬如莪默伽亚谟（Omar Khayyam），莎士比亚，几乎在一个人手里一个样子；展览会里书多，比较着看方便，可以扩充眼界。插图有“黑白”的，有彩色的；“黑白”的多，为的省事省钱。就黑白画而论，从前是雕版，后来是照相；照相虽然精细，可是失掉了那种生力，只要拿原稿对看就会觉出。这儿也展览原稿，或是灰笔画，或是水彩画；不但可以“对看”，也可以让那些艺术家更和我们接近些。《观察报》记者记这回展览会，说插图的书，字往往印得特别大，意在和谐；却实在不便看。他主张书与图分开，字还照寻常大小印。他自然指大本子而言。但那种“和谐”其实也可爱；若说不便，这种书原是让你慢慢玩赏的，那能像读报一样目下数行呢？再说，将配好了的对儿生生拆开，不但大小不称，怕还要多花钱。

诗籍铺（The Poetry Bookshop）真是米米小，在一个大地方的一道小街上。“叫名”街，实在一条小胡同吧。门前不大见车马，不说；就是行人，一天也只寥寥几个。那道街斜对着无人不知的大英博物院；街口钉着小小的一块字号木牌。初次去时，人家教在博物院左近找。问院门口守卫，他不知道有这个铺子，问路上戴着常礼帽的老者，他想没有这么一个铺子；好容易才找着那块小木牌，真是“远在天边，近在眼前”。这铺子从前在另一处，那才冷僻，连裴歹克的地图上都没名字，据说那儿是一所老宅子，才真够诗味，挪到现在这样平常的地带，未免太可惜。那时候美国游客常去，一个原因许是美国看不见那样老宅子。

诗人赫洛德孟罗（Harold Monro）在一九一二年创办了这爿诗籍铺。用意在让诗与社会发生点切实的关系。孟罗是二十多年来伦敦文学生涯里一个要紧角色。从一九一一给诗社办《诗刊》（Poetry Review）起知名。在第一期里，他说，“诗与人生的关系得再认真讨论，用于别种艺术的标准也该用于诗。”他觉得能做诗的该做诗，有困难时该帮助他，让他能做下去；一般人也该念诗，受用诗。为了前一件，他要自办杂志，为了后一件，他要办读诗会；为了这两件，他办了诗籍铺。这铺子印行过《乔治诗选》（Georgian Poetry），乔治是现在英王的名字，意思就是当代诗选，所收的都是代表作家。第一册出版，一时风靡，买诗念诗的都多了起来；社会确乎大受影响。诗选共五册；出第五册时在一九二二，那时乔治诗人的诗兴却渐渐衰了。一九一九到二五年铺子里又印行《市本》月刊（The Chapbook）登载诗歌，评论，木刻等，颇多新进作家。

读诗会也在铺子里；星期四晚上准六点钟起，在一间小楼上。一年中也有些时候定好了没有。从创始以来，差不多没有间断过。前前后后著名的诗人几乎都在这儿读过诗：他们自己的诗，或他们喜欢的诗。入场券六便士，在英国算贱，合四五毛钱。在伦敦的时候，也去过两回。那时孟罗病了，不大能问事，铺子里颇为黯淡。两回都是他夫人爱立达克莱曼答斯基（Alida Klementaski）读，说是找不着别人。那间小楼也容得下四五十位子，两回去，人都不少；第二回满了座，而且几乎都是女人——还有挨着墙站着听的。屋内只读诗的人小桌上一盏蓝罩子的桌灯亮着，幽幽的。她读济兹和别人的诗，读得很好，口齿既清楚，又有顿挫，内行说，能表出原诗的情味。英国诗有两种读法，将每个重音咬得清清楚楚，顿挫的地方用力，和说话的调子不相像，约翰德林瓦特（John Drinkwater）便主张这一种。他说，读诗若用说话的调子，太随便，诗会跑了。但是参用一点儿，像克莱曼答斯基女士那样，也似乎自然流利，别有味道。这怕要看什么样的诗，什么样的读诗人，不可一概而论。但英国读诗，除不吟而诵，与中国根本不同之处，还有一件：他们按着文气停顿，不按着行，也不一定按着韵脚。这因为他们的诗以轻重为节奏，文句组织又不同，往往一句跨两行三行，却非作一句读不可，韵脚便只得轻轻地滑过去。读诗是一种才能，但也需要训练；他们注重这个，训练的机会多，所以是诗人都能来一手。

铺子在楼下，只一间，可是和读诗那座楼远隔着一条甬道。屋子有点黑，四壁是书架，中间桌上放着些诗歌篇子，木刻画。篇子有宽长两种，印着诗歌，加上些零星的彩画，是给大人和孩子玩儿的。犄角儿上一张帐桌子，坐着一个戴近视眼镜的，和蔼可亲的，圆脸的中年妇人。桌前装着火炉，炉旁蹲着一只大白狮子猫，和女人一样胖。有时也遇见克莱曼答斯基女士，匆匆地来匆匆地去。孟罗死在一九三二年三月十五日。第二天晚上到铺子里去，看见两个年轻人在和那女人司帐说话；说到诗，说到人生，都是哀悼孟罗的。话音很悲伤，却如清泉流泻，差不多句句像诗；女司帐说不出什么，唯唯而已。孟罗在日最尽力于诗人文人的结合，他老让各色的才人聚在一块儿。又好客，家里炉旁（英国终年有用火炉的时候）常有许多人聚谈，到深夜才去。这两位青年的伤感不是偶然的。他的铺子可是赚不了钱；死后由他夫人接手，勉强张罗，现在许还开着。

文人宅

杜甫《最能行》云，“若道士无英俊才，何得山有屈原宅？”《水经注》，秭归“县北一百六十里有屈原故宅，累石为屋基。”看来只是一堆烂石头，杜甫不过说得嘴响罢了。但代远年湮，渺茫也是当然。

往近里说，《孽海花》上的“李纯客”就是李慈铭，书里记着他自撰的楹联，上句云，“保安寺街藏书一万卷”；但现在走过北平保安寺街的人，谁知道那一所屋子是他住过的？更不用提屋子里怎么个情形，他住着时怎么个情形了。要凭吊，要留连，只好在街上站一会儿出出神而已。

西方人崇拜英雄可真当回事儿，名人故宅往往保存得好。譬如莎士比亚吧，老宅子，新宅子，太太老太太宅子，都好好的，连家具什物都存着。莎士比亚也许特别些，就是别人，若有故宅可认的话，至少也在墙上用木牌标明，让访古者有低徊之处；无论宅里住着人或已经改了铺子。这回在伦敦所见的四文人宅，时代近，宅内情形比莎士比亚的还好；四所宅子大概都由私人捐款收买，布置起来，再交给公家的。约翰生博士（Samuel Johnsom，1709-1784）宅，在旧城，是三层楼房，在一个小方场的一角上，静静的。他一七四八年进宅，直住了十一年；他太太死在这里。他的助手就在三层楼上小屋里编成了他那部大字典。那部寓言小说《刺塞拉斯》（《Rasselas》）大概也在这屋子里写成；是晚上写的，只写了一礼拜，为的要付母亲下葬的费用。屋里各处，如门堂，复壁板，楼梯，碗橱，厨房等，无不古气盎然。那著名的大字典陈列在楼下客室里；是第三版，厚厚的两大册。他编著这部字典，意在保全英语的纯粹，并确定字义；因为当时作家采用法国字的实在太多了。字典中所定字义有些很幽默：如“女诗人，母诗人也”（she-poet，盖准she-goat-母山羊-字例），又如“燕麦，谷之一种，英格兰以饲马，而苏格兰则以为民食也”，都够损的。伦敦约翰生社便用这宅子作会所。

济兹（John Keats，1795-1821）宅，在市北汉姆司台德区（Hampstead）。他生卒虽然都不在这屋子里，可是在这儿住，在这儿恋爱，在这儿受人攻击，在这儿写下不朽的诗歌。那时汉姆司台德区还是乡下，以风景著名，不像现时人烟稠密。济兹和他的朋友布朗同住。屋后是个大花园，绿草繁花，静如隔世；中间一棵老梅树，一九二一年干死了，干子还在。据布朗的追记，济兹《夜莺歌》似乎就在这棵树下写成。布朗说，“一八一九年春天，有只夜莺做窠在这屋子近处。济兹常静听它歌唱以自怡悦；一天早晨吃完早饭，他端起一张椅子坐到草地上梅树下，直坐了两三点钟。进屋子的时候，见他拿着几张纸片儿，塞向书后面去。问他，才知道是歌咏我们的夜莺之作。”这里说的梅树，也许就是花园里那一棵。但是屋前还有草地，地上也是一棵三百岁老桑树，枝叶扶疏，至今结桑椹；有人想《夜莺歌》也许在这棵树下写的。济兹的好诗在这宅子里写的最多。

他们隔壁住过一家姓布龙的。有位小姐叫凡耐，让济兹爱上了，他俩订了婚，他的朋友颇有人不以为然，为的女的配不上；可是女家也大不乐意，为的济兹身体弱，又像疯疯癫癫的。济兹自己写小姐道：“她个儿和我差不多——长长的脸蛋儿——多愁善感——头梳得好——鼻子不坏，就是有点小毛病——嘴有坏处有好处——脸侧面看好，正面看，又瘦又少血色，像没有骨头。身架苗条，姿态如之——胳膊好，手差点儿——脚还可以——她不止十七岁，可是天真烂漫——举动奇奇怪怪的，到处跳跳蹦蹦，给人编诨名，近来愣叫我自美自的女孩子——我想这并非生性坏，不过爱闹一点漂亮劲儿罢了。”

一八二零年二月，济兹从外面回来，吐了一口血。他母亲和三弟都死在痨病上，他也是个痨病底子；从此便一天坏似一天。这一年九月，他的朋友赛焚伴他上罗马去养病；次年二月就死在那里，葬新教坟场，才二十六岁。现在这屋子里陈列着一圈头发，大约是赛焚在他死后从他头上剪下来的。又次年，赛焚向人谈起，说他保存着可怜的济兹一点头发，等个朋友捎回英国去；他说他有个怪想头，想照他的希腊琴的样子作根别针，就用济兹头发当弦子，送给可怜的布龙小姐，只恨找不到这样的手艺人。济兹头发的颜色在各人眼里不大一样：有的说赤褐色，有的说棕色，有的说暖棕色，他二弟两口子说是金红色，赛梵追画他的像，却又画作深厚的棕黄色。布龙小姐的头发，这儿也有一并存着。

他俩订婚戒指也在这儿，镶着一块红宝石。还有一册仿四折本《莎士比亚》，是济兹常用的。他对于莎士比亚，下过一番苦工夫；书中页边行里都画着道儿，也有些精湛的评语。空白处亲笔写着他见密尔顿发和独坐重读《黎琊王》剧作两首诗；书名页上记着“给布龙凡耐，一八二零”，照年份看，准是上意大利去时送了作纪念的。珂罗版印的《夜莺歌》墨迹，有一份在这儿，另有哈代《汉姆司台德宅作》一诗手稿，是哈代夫人捐赠的，宅中出售影印本。济兹书法以秀丽胜，哈代的以苍老胜。

这屋子保存下来却并不易。一九二一年，业主想出售，由人翻盖招租，地段好，脱手一定快的；本区市长知道了，赶紧组织委员会募款一万镑。款还募得不多，投机的建筑公司已经争先向业主讲价钱。在这千钧一发的当儿，亏得市长和本区四委员迅速行动，用私人名义担保付款，才得挽回危局。后来共收到捐款四千六百五十镑（约合七八万元），多一半是美国人捐的；那时正当大战之后，为这件事在英国募款是不容易的。

加莱尔（Thomas Carlyle，1795-1881）宅，在泰晤士河旁乞而西区（Chelsea）；这一区至今是文人艺士荟萃之处。加莱尔是维多利亚时代初期的散文家，当时号为“乞而西圣人”。一八三四年住到这宅子里，一直到死。书房在三层楼上，他最后一本书《弗来德力大帝传》就在这儿写的。这间房前面临街，后面是小园子；他让前后都砌上夹墙，为的怕那街上的嚣声，园中的鸡叫。他著书时坐的椅子还在；还有一件呢浴衣。据说他最爱穿浴衣，有不少件；苏格兰国家画院所藏他的画像，便穿着灰呢浴衣，坐在沙发上读书，自有一番宽舒的气象。画中读书用的架子还可看见。宅里存着他几封信，女司事愿意念给访问的人听，朗朗有味。二楼加莱尔夫人屋里放着架小屏，上面横的竖的斜的正的贴满了世界各处风景和人物的画片。

迭更斯（即狄更斯，Charles Dickens，1812-1870）宅，在“西头”，现在是热闹地方。迭更斯出身贫贱，熟悉下流社会情形；他小说里写这种情形，最是酣畅淋漓之至。这使他成为“本世纪最通俗的小说家，又，英国大幽默家之一”，如他的老友浮斯大（John Forster）给他作的传开端所说。他一八三六年动手写《比克维克秘记》（《Pickwick Papers》），在月刊上发表。起初是绅士比克维克等行猎故事，不甚为世所重；后来仆人山姆出现，诙谐嘲讽，百变不穷，那月刊顿时风行起来。迭更斯手头渐宽，这才迁入这宅子里，时在一八三七年。

他在这里写完了《比克维克秘记》，就是这一年印成单行本。他算是一举成名，从此直到他死时，三十四年间，总是蒸蒸日上。来这屋子不多日子，他借了一个饭店举行《秘记》发表周年纪念，又举行他夫妇结婚周年纪念。住了约莫两年，又写成《块肉余生述》，《滑稽外史》等。这其间生了两个女儿，房子挤不下了；一八三九年终，他便搬到别处去了。

屋子里最热闹的是画，画着他小说中的人物，墙上大大小小，突梯滑稽，满是的。所以一屋子春气。他的人物虽只是类型，不免奇幻荒唐之处，可是有真味，有人味；因此这么让人欢喜赞叹。屋子下层一间厨房，所谓“丁来谷厨房”，道地老式英国厨房，是特地布置起来的——“丁来谷”是比克维克一行下乡时寄住的地方。厨房架子上摆着带釉陶器，也都画着迭更斯的人物。这宅里还存着他的手杖，头发；一朵玫瑰花，是从他尸身上取下来的；一块小窗户，是他十一岁时住的楼顶小屋里的；一张书桌，他带到美洲去过，临死时给了二女儿，现时罩着紫色天鹅绒，蛮伶俐的。此外有他从这屋子寄出的两封信，算回了老家。

这四所宅子里的东西，多半是人家捐赠；有些是特地买了送来的。也有借得来陈列的。管事的人总是在留意搜寻着，颇为苦心热肠。经常用费大部靠基金和门票、指南等余利；但门票卖的并不多，指南照顾的更少，大约维持也不大容易。格雷（Thomas Gray，1716-1771）以《挽歌辞》（《Elegy Writtenina Country Churchyard》）著名。

原题中所云“作于乡村教堂墓地中”，指司妥克波忌士（Stoke Poges）的教堂而言。诗作于一七四二格雷二十五岁时，成于一七五零，当时诗人怀古之情，死生之感，亲近自然之意，诗中都委婉达出，而句律精妙，音节谐美，批评家以为最足代表英国诗，称为诗中之诗。诗出后，风靡一时，诵读模拟，遍于欧洲各国；历来引用极多，至今已成为英美文学教育的一部分。司妥克波忌士在伦敦西南，从那著名的温泽堡（Windsor Castle）去是很近的。四月一个下午，微雨之后，我们到了那里。一路幽静，似乎鸟声也不大听见。拐了一个小弯儿，眼前一片平铺的碧草，点缀着稀疏的墓碑；教堂木然孤立，像戏台上布景似的。小路旁一所小屋子，门口有小木牌写着格雷陈列室之类。出来一位白发老人，殷勤地引我们去看格雷墓，长方形，特别大，是和他母亲、姨母合葬的，紧挨着教堂墙下。又看水松树，老人说格雷在那树下写《挽歌辞》来着；《挽歌辞》里提到水松树，倒是确实的。我们又兜了个大圈子，才回到小屋里，看《挽歌辞》真迹的影印本。还有几件和格雷关系很疏的旧东西。屋后有井，老人自己汲水灌园，让我们想起“灌园叟”来；临别他送我们每人一张教堂影片。

吃的

提到欧洲的吃喝，谁总会想到巴黎，伦敦是算不上的。不用说别的，就说煎山药蛋吧。法国的切成小骨牌块儿，黄争争的，油汪汪的，香喷喷的；英国的“条儿”（chips）却半黄半黑，不冷不热，干干儿的什么味也没有，只可以当饱罢了。再说英国饭吃来吃去，主菜无非是煎炸牛肉排羊排骨，配上两样素菜；记得在一个人家住过四个月，只吃过一回煎小牛肝儿，算是新花样。可是菜做得简单，也有好处；材料坏容易见出，像大陆上厨子将坏东西做成好样子，在英国是不会的。大约他们自己也觉着腻味，所以一九二六那一年有一位华衣脱女士（E.White）组织了一个英国民间烹调社，搜求各市各乡的食谱，想给英国菜换点儿花样，让它好吃些。一九三一年十二月烹调社开了一回晚餐会，从十八世纪以来的食谱中选了五样菜（汤和点心在内），据说是又好吃，又不费事。这时候正是英国的国货年，所以报纸上颇为揄扬一番。可是，现在欧洲的风气，吃饭要少要快，那些陈年的老古董，怕总有些不合时宜吧。

吃饭要快，为的忙，欧洲人不能像咱们那样慢条斯理儿的，大家知道。干吗要少呢？为的卫生，固然不错，还有别的：女的男的都怕胖。女的怕胖，胖了难看；男的也爱那股标劲儿，要像个运动家。这个自然说的是中年人少年人；老头子挺着个大肚子的却有的是。欧洲人一日三餐，分量颇不一样。像德国，早晨只有咖啡面包，晚间常冷食，只有午饭重些。法国早晨是咖啡，月芽饼，午饭晚饭似乎一般分量。英国却早晚饭并重，午饭轻些。英国讲究早饭，和我国成都等处一样。有麦粥，火腿蛋，面包，茶，有时还有熏咸鱼，果子。午饭顶简单的，可以只吃一块烤面包，一杯咖啡；有些小饭店里出卖午饭盒子，是些冷鱼冷肉之类，却没有卖晚饭盒子的。

伦敦头等饭店总是法国菜，二等的有意大利菜，法国菜，瑞士菜之分；旧城馆子和茶饭店等才是本国味道。茶饭店与煎炸店其实都是小饭店的别称。茶饭店的“饭”原指的午饭，可是卖的东西并不简单，吃晚饭满成；煎炸店除了煎炸牛肉排羊排骨之外，也卖别的。头等饭店没去过，意大利的馆子却去过两家。一家在牛津街，规模很不小，晚饭时有女杂耍和跳舞。只记得那回第一道菜是生蚝之类；一种特制的盘子，边上围着七八个圆格子，每格放半个生蚝，吃起来很雅相。另一家在由斯敦路，也是个热闹地方。这家却小小的，通心细粉做得最好；将粉切成半分来长的小圈儿，用黄油煎熟了，平铺在盘儿里，洒上干酪（计司）粉，轻松鲜美，妙不可言。还有炸“搦气蚝”，鲜嫩清香，蝤蛑，瑶柱，都不能及；只有宁波的蛎黄仿佛近之。

茶饭店便宜的有三家：拉衣恩司（Lyons），快车奶房，ABC面包房。每家都开了许多店子，遍布市内外；ABC比较少些，也贵些，拉衣恩司最多。快车奶房炸小牛肉小牛肝和红烧鸭块都还可口；他们烧鸭块用木炭火，所以颇有中国风味。ABC炸牛肝也可吃，但火急肝老，总差点儿事；点心烤得却好，有几件比得上北平法国面包房。拉衣恩司似乎没甚么出色的东西；但他家有两处“角店”，都在闹市转角处，那里却有好吃的。角店一是上下两大间，一是三层三大间，都可容一千五百人左右；晚上有乐队奏乐。一进去只见黑压压的坐满了人，过道处窄得可以，但是气象颇为阔大（有个英国学生讥为“穷人的宫殿”，也许不错）；在那里往往找了半天站了半天才等着空位子。这三家所有的店子都用女侍者，只有两处角店里却用了些男侍者——男侍者工钱贵些。男女侍者都穿了黑制服，女的更戴上白帽子，分层招待客人。也只有在角店里才要给点小费（虽然门上标明“无小费”字样），别处这三家开的铺子里都不用给的。曾去过一处角店，烤鸡做得还入味；但是一只鸡腿就合中国一元五角，若吃鸡翅还要贵点儿。茶饭店有时备着骨牌等等，供客人消遣，可是向侍者要了玩的极少；客人多的地方，老是有人等位子，干脆就用不着备了。此外还有一些生蚝店，专吃生蚝，不便宜；一位房东太太告诉我说“不卫生”，但是吃的人也不见少。吃生蚝却不宜在夏天，所以英国人说月名中没有“R”（五六七八月），生蚝就不当令了。伦敦中国饭店也有七八家，贵贱差得很大，看地方而定。菜虽也有些高低，可都是变相的广东味儿，远不如上海新雅好。在一家广东楼要过一碗鸡肉馄饨，合中国一元六角，也够贵了。

茶饭店里可以吃到一种甜烧饼（muffin）和窝儿饼（crum Dpet）。甜烧饼仿佛我们的火烧，但是没馅儿，软软的，略有甜味，好像掺了米粉做的。窝儿饼面上有好些小窝窝儿，像蜂房，比较地薄，也像参了米粉。这两样大约都是法国来的；但甜烧饼来的早，至少二百年前就有了。厨师多住在祝来巷（Drury Lane），就是那著名的戏园子的地方；从前用盘子顶在头上卖，手里摇着铃子。那时节人家都爱吃，买了来，多多抹上黄油，在客厅或饭厅壁炉上烤得热辣辣的，让油都浸进去，一口咬下来，要不沾到两边口角上。这种偷闲的生活是很有意思的。但是后来的窝儿饼浸油更容易，更香，又不太厚，太软，有咬嚼些，样式也波俏；人们渐渐地喜欢它，就少买那甜烧饼了。一位女士看了这种光景，心下难过；便写信给《泰晤士报》，为甜烧饼抱不平。《泰晤士报》特地做了一篇小社论，劝人吃甜烧饼以存古风；但对于那位女士所说的窝儿饼的坏话，却宁愿存而不论，大约那论者也是爱吃窝儿饼的。

复活节（三月）时候，人家吃煎饼，茶饭店里也卖；这原是忏悔节（二月底）忏悔人晚饭后去教堂之前吃了好熬饿的，现在却在早晨吃了。饼薄而脆，微甜。北平中原公司卖的

“胖开克”（煎饼的音译）却未免太“胖”，而且软了。——说到煎饼，想起一件事来：美国麻省勃克夏地方（Berkshire Country）有“吃煎饼竞争”的风俗，据《泰晤士报》说，一九三二的优胜者一气吃下四十二张饼，还有腊肠热咖啡。这可算“真正大肚皮”了。

英国人每日下午四时半左右要喝一回茶，就着烤面包黄油。请茶会时，自然还有别的，如火腿夹面包，生豌豆苗夹面包，茶馒头（teascone）等等。他们很看重下午茶，几乎必不可少。又可乘此请客，比请晚饭简便省钱得多。英国人喜欢喝茶，对于喝咖啡，和法国人相反；他们也煮不好咖啡。喝的茶现在多半是印度茶；茶饭店里虽卖中国茶，但是主顾寥寥。不让利权外溢固然也有关系，可是不利于中国茶的宣传（如说制时不干净）和茶味太淡才是主要原因。印度茶色浓味苦，加上牛奶和糖正合式；中国红茶不够劲儿，可是香气好。奇怪的是茶饭店里卖的，色香味都淡得没影子。那样茶怎么会运出去，真莫名其妙。

街上偶然会碰着提着筐子卖落花生的（巴黎也有），推着四轮车卖炒栗子的，教人有故国之思。花生栗子都装好一小口袋一小口袋的，栗子车上有炭炉子，一面炒，一面装，一面卖。这些小本经纪在伦敦街上也颇古色古香，点缀一气。栗子是干炒，与我们“糖炒”的差得太多了。——英国人吃饭时也有干果，如核桃，榛子，榧子，还有巴西乌菱（原名

Brazilds，巴西出产，中国通称“美国乌菱”），乌菱实大而肥，香脆爽口，运到中国的太干，便不大好。他们专有一种干果夹，像钳子，将干果夹进去，使劲一握夹子柄，“格”的一声，皮壳碎裂，有些蹦到远处，也好玩儿的。苏州有瓜子夹，像剪刀，却只透着玲珑小巧，用不上劲儿去。

乞丐

外国也有乞丐，是的；但他们的丐道或丐术不大一样。近些年在上海常见的，马路旁水门汀上用粉笔写着一大堆困难情形，求人帮助，粉笔字一边就坐着那写字的人。北平也见过这种乞丐，但路旁没有水门汀，便只能写在纸上或布上——却和外国乞丐相像；这办法不知是来路货呢，还是此心同，此理同呢？

伦敦乞丐在路旁画画的多，写字的却少。只在特拉伐加方场附近见过一个长须老者（外国长须的不多），在水门汀上端坐着，面前几行潦草的白粉字。说自己是大学出身，现在一寒至此，大学又有何用，这几句牢骚话似乎颇打动了一些来来往往的人，加上老者那炯炯的双眼，不露半星儿可怜相，也教人有点肃然。他右首放着一只小提箱，打开了，预备人往里扔钱。那地方本是四通八达的闹市，扔钱的果然不少。箱子内外都撒的铜子儿（便士）；别的乞丐却似乎没有这么好的运气。

画画的大半用各色粉笔，也有用颜料的。见到的有三种花样。或双钩ＴｏＬｉｖｅ（求生）二字，每一个字母约一英尺见方，在双钩的轮廓里精细地作画。字母整齐匀净，通体一笔不苟。或双钩Good Luck（好运）二字，也有只用Luck（运气）一字的。——求生是自道；好运运气是为过客颂祷之辞。或画着四五方风景，每方大小也在一英尺左右。通常画者坐在画的一头，那一头将他那旧帽子翻过来放着，铜子儿就扔在里面。

这些画丐有些在艺术学校受过正式训练，有些平日爱画两笔，算是玩艺儿。到没了落儿，便只好在水门汀上动起手来了。一九三二年五月十日，这些人还来了一回展览会。那天的晚报上选印了几幅，有两幅是彩绣的。绣的人诨名“牛津街开特尔老大”，拳乱时做水手，来过中国，他还记得那时情形。这两幅画绣在帆布（画布）上，每幅下了八万针。他绣过英王爱德华像，据说颇为当今王后所赏识；那是他生平最得意的时候。现在却只在牛津街上浪荡着。

晚报上还记着一个人。他在杂戏馆干过三十五年，名字常大书在海报上。三年前还领了一个杂戏班子游行各处，他扮演主要的角色。英伦三岛的城市都到过；大陆上到过百来处，美国也到过十来处。也认识贾波林。可是时运不济，老伦敦却没一个子儿。他想起从前朋友们说过静物写生多么有意思，自己也曾学着玩儿；到了此时，说不得只好凭着这点玩艺儿在泰晤士河长堤上混混了。但是他怕认得他的人太多，老是背向着路中，用大帽檐遮了脸儿。他说在水门汀上作画颇不容易；最怕下雨，几分钟的雨也许毁了整天的工作。他说总想有朝一日再到戏台上去。

画丐外有乐丐。牛津街见过一个，开着话匣子，似乎是坐在三轮自行车上；记得颇有些堂哉皇也的神气。复活节星期五在冷街中却见过一群，似乎一人推着风琴，一人按着，一人高唱《颂圣歌》——那推琴的也和着。这群人样子却就狼狈了。据说话匣子等等都是赁来；他们大概总有得赚的。另一条冷街上见过一个男的带着两个女的，穿著得像刚从垃圾堆里出来似的。一个女的还抹着胭脂，简直是一块块红土！男的奏乐，女的乱七八糟的跳舞，在刚下完雨泥滑滑的马路上。这种女乞丐像很少。又见过一个拉小提琴的人，似乎很年轻，很文雅，向着步道上的过客站着。右手本来抱着个小猴儿；拉琴时先把它抱在左肩头蹲着。拉了没几弓子，猴儿尿了；他只若无其事，让衣服上淋淋漓漓的。

牛津街上还见过一个，那真狼狈不堪。他大概赁话匣子等等的力量都没有；只找了块板儿，三四尺长，五六寸宽，上面安上条弦子，用只玻璃水杯将弦子绷起来。把板儿放在街沿下，便蹲着，两只手穿梭般弹奏着。那是明灯初上的时候，步道上人川流不息；一双双脚从他身边匆匆的跨过去，看见他的似乎不多。街上汽车声脚步声谈话声混成一片，他那独弦的细声细气，怕也不容易让人听见。可是他还是埋着头弹他那一手。

几年前一个朋友还见过背诵迭更斯小说的。大家正在戏园门口排着班等买票；这个人在旁背起《块肉余生述》来，一边念，一边还做着。这该能够多找几个子儿，因为比那些话匣子等等该有趣些。

警察禁止空手空口的乞丐，乞丐便都得变做卖艺人。若是无艺可卖，手里也得拿点东西，如火柴皮鞋带之类。路角落里常有男人或女人拿着这类东西默默站着，脸上大都是黯淡的。其实卖艺，卖物，大半也是幌子；不过到底教人知道自尊些，不许不做事白讨钱。只有瞎子，可以白讨钱。他们站着或坐着；胸前有时挂一面纸牌子，写着盲人。又有一种人，在乞丐非乞丐之间。有一回找一家杂耍场不着，请教路角上一个老者。他殷勤领着走，一面说刚失业，没钱花，要我帮个忙儿。给了五个便士（约合中国三毛钱），算是酬劳，他还争呢。其实只有二三百步路罢了。跟着走，诉苦，白讨钱的，只遇着一次；那里街灯很暗，没有警察，路上人也少，我又是外国人，他所以厚了脸皮，放了胆子——他自然不是瞎子。

房东太太

歇卜士太太（Mrs Hibbs）没有来过中国，也并不怎样喜欢中国，可是我们看，她有中国那老味儿。她说人家笑她母女是维多利亚时代的人，那是老古板的意思；但她承认她们是的，她不在乎这个。

真的，圣诞节下午到了她那间黯淡的饭厅里，那家具，那人物，那谈话，都是古气盎然，不像在现代。这时候她还住在伦敦北郊芬乞来路（Finchley Road）。那是一条阔人家的路；可是她的房子已经抵押满期，经理人已经在她门口路边上立了一座木牌，标价招买，不过半年多还没人过问罢了。那座木牌，和篮球架子差不多大，只是低些；一走到门前，准看见。晚餐桌上，听见厨房里尖叫了一声，她忙去看了，回来说，火鸡烤枯了一点，可惜，二十二磅重，还是卖了几件家具买的呢。她可惜的是火鸡，倒不是家具；但我们一点没吃着那烤枯了的地方。

她爱说话，也会说话，一开口滔滔不绝；押房子，卖家具等等，都会告诉你。但是只高高兴兴地告诉你，至少也平平淡淡地告诉你，决不垂头丧气，决不唉声叹气。她说话是个趣味，我们听话也是个趣味（在她的话里，她死了的丈夫和儿子都是活的，她的一些住客也是活的）；所以后来虽然听了四个多月，倒并不觉得厌倦。

她原是个阔小姐，从小送到比利时受教育，学法文，学钢琴。钢琴大约还熟，法文可生疏了。她说街上如有法国人向她问话，她想起答话的时候，那人怕已经拐了弯儿了。结婚时得着她姑母一大笔遗产；靠着这笔遗产，她支持了这个家庭二十多年。

歇卜士先生在剑桥大学毕业，一心想作诗人，成天住在云里雾里。他二十年只在家里待着，偶然教几个学生。他的诗送到剑桥的刊物上去，原稿却寄回了，附着一封客气的信。他又自己花钱印了一小本诗集，封面上注明，希望出版家采纳印行，但是并没有什么回响。太太常劝先生删诗行，譬如说，四行中可以删去三行罢；但是他不肯割爱，于是乎只好敝帚自珍了。

歇卜士先生却会说好几国话。大战后太太带了先生小姐，还有一个朋友去逛意大利；住旅馆雇船等等，全交给诗人的先生办，因为他会说意大利话。幸而没出错儿。临上火车，到了站台上，他却不见了。眼见车就要开了，太太这一急非同小可，又不会说给别人，只好教小姐去张看，却不许她远走。好容易先生钻出来了，从从容容的，原来他上更衣室来着。

太太最伤心她的儿子。他也是大学生，长得一表人才。大战时去从军；训练的时候偶然回家，非常爱惜那庄严的制服，从不教它有一个折儿。大战快完的时候，却来了恶消息，他尽了他的职务了。太太最伤心的是这个时候的这种消息，她在举世庆祝休战声中，迷迷糊糊过了好些日子。后来逛意大利，便是解闷儿去的。她那时甚至于该领的恤金，无心也不忍去领。等到限期已过，即使要领，可也不成了。

小姐现在是她唯一的亲人；她就为这个女孩子活着。早晨一块儿拾掇拾掇屋子，吃完了早饭，一块儿上街散步，回来便坐在饭厅里，说说话，看看通俗小说，就过了一天。晚上睡在一屋里。一星期也同出去看一两回电影。

小姐大约有二十四五了，高个儿，总在五英尺十寸左右；蟹壳脸，露牙齿，脸上倒是和和气气的。爱笑，说话也天真得像个十二三岁小姑娘。先生死后，他的学生爱利斯很爱歇卜士太太，几次想和她结婚，她不肯。爱利斯是个传记家，有点小名气。那回诗人德拉梅在伦敦大学院讲文学的创造，曾经提到他的书。他很高兴，在歇卜士太太晚餐桌上特意说起这个。但是太太说他的书干燥无味，他送来，她们只翻了三五页就搁在一边儿了。她说最恨猫怕狗，连书上印的狗都怕，爱利斯却养着一大堆。她女儿最爱电影，爱利斯却瞧不起电影。她的不嫁，怎么穷也不嫁，一半为了女儿。

她家里先后也住过一个意大利人，一个西班牙人，都和小姐做过爱；那西班牙人并且和小姐定过婚，后来不知怎样解了约。小姐倒还惦着他，说是身架真好看！太太却说，那是个坏家伙！

太太不上教堂去，可是迷信。她虽是新教徒，可是有一回丢了东西，却照人家传给的法子，在家点上一支蜡，一条腿跪着，口诵安东尼圣名，说是这么着东西就出来了。拜圣者是旧教的花样，她却不管。每回作梦，早餐时总翻翻占梦书。她有三本占梦书；有时她笑自己；三本书说的都不一样，甚至还相反呢。

喝碗茶，碗里的茶叶，她也爱看，看像什么字头，便知是姓什么的来了。她并不盼望访客，她是在盼望住客啊。到金树台时，前任房东太太介绍一位英国住客继续住下。但这位半老的住客却嫌客人太少，女客更少，又嫌饭桌上没有笑，没有笑话，只看歇卜士太太的独角戏，老母亲似的唠唠叨叨，总是那一套。他终于托故走了，搬到别处去了。我们不久也离开英国，房子于是乎空空的。去年接到歇卜士太太来信，她和女儿已经作了人家管家老妈了。维多利亚时代的上流妇人，这世界已经不是她的了。

中国学术界的大损失——悼闻一多先生

闻一多先生在昆明惨遭暗杀，激起全国的悲愤。这是民主运动的大损失，又是中国学术的大损失。关于后一方面，作者知道的比较多，现在且说个大概，来追悼这一位多年敬佩的老朋友。

大家都知道闻先生是一位诗人。他的《红烛》，尤其他的《死水》，读过的人很多。这些集子的特色之一，是那些爱国诗。在抗战以前他也许是唯一的爱国新诗人。这里可以看出他对文学的态度。

新文学运动以来，许多作者都认识了文学的政治性和社会性而有所表现，可是闻先生认识得特别亲切，表现得特别强调。他在过去的诗人中最敬爱杜甫，就因为杜诗政治性和社会性最浓厚。后来他更进一步，注意原始人的歌舞：这是集团的艺术，也是与生活打成一片的艺术。他要的是热情，是力量，是火一样的生命。

但是他并不忽略语言的技巧，大家都记得他是提倡诗的新格律的人，也是创造诗的新格律的人。他创造自己的诗的语言，并且创造自己的散文的语言。

他研究中国古代，可是他要使局部化了石的古代复活在现代人的心目中。因为这古代与现代究竟属于一个社会，一个国家，而历史是连贯的。

他是有幽默感的人；他的认识古代，有时也靠着这种幽默感。看《匡斋尺牍》里《狼跋》一篇，便知道他能够体会到别人从不曾体会到的古人的幽默感。而所谓匡斋本于匡衡说诗解人颐那句话，正是幽默的意思。他的《死水》里《闻一多先生的书桌》，也是一首难得的幽默的诗。

他有着强大的生命力，常跟我们说要活到八十岁，现在还不满四十八岁，竟惨死在那卑鄙恶毒的枪下！有个学生曾瞻仰他的遗体，见他遍身血迹，双手抱头，全身痉挛。唉！他是不甘心的，我们也是不甘心的！

回来杂记

回到北平来，回到原来服务的学校里，好些老工友见了面用道地的北平话道：您回来啦！是的，回来啦。去年刚一胜利，不用说是想回来的。可是这一年来的情形使我回来的心淡了，想象中的北平，物价像潮水一般涨，整个的北平也像在潮水里晃荡着。然而我终于回来了。

飞机过北平城上时，那棋盘似的房屋，那点缀看的绿树，那紫禁城，那一片黄琉璃瓦，在晚秋的夕阳里，真美。在飞机上看北平市，我还是第一次。这一看使我联带的想起北平的多少老好处，我忘怀一切，重新爱起北平来了。

在西南接到北平朋友的信，说生活虽艰难，还不至如传说之甚，说北平的街上还跟从前差不多的样子。是的，北平就是粮食贵得凶，别的还差不离儿。因为只有粮食贵得凶，所以从上海来的人，简直松了一大口气，只说便宜呀！便宜呀！我们从重庆来的，却没有这样胃口。再说虽然只有粮食贵得凶，然而粮食是人人要吃日日要吃的。这是一个浓重的阴影，罩着北平的将来。但是现在谁都有点儿且顾眼前，将来，管得它呢！

粮食以外，日常生活的必需品，大致看来不算少；不是必需而带点儿古色古香的那就更多。旧家具，小玩意儿，在小市里，地摊上，有得挑选的，价钱合式，有时候并且很贱。这是北平老味道，就是不大有耐心去逛小市和地摊的我，也深深在领略着。从这方面看，北平算得是有的都市，西南几个大城比起来真寒伧相了。

再去故宫一看，吓，可了不得！虽然曾游过多少次，可是从西南回来这是第一次。东西真多，小市和地摊儿自然不在话下。逛故宫简直使人不想买东西，买来买去，买多买少，算得什么玩意儿！北平真有，真有它的！

北平不但在这方面和从前一样有，并且在整个生活上也差不多和从前一样闲。本来有电车，又加上了公共汽车，然而大家还是悠悠儿的。电车有时来得很慢，要等得很久。从前似乎不至如此，也许是线路加多，车辆并没有比例的加多吧？公共汽车也是来得慢，也要等得久。好在大家有的是闲工夫，慢点儿无妨，多等点时候也无妨。

可是刚从重庆来的却有些不耐烦。别瞧现在重庆的公共汽车不漂亮，可是快，上车，卖票，下车都快。也许是无事忙，可是快是真的。就是在排班等着罢，眼看着一辆辆来车片刻间上满了客开了走，也觉痛快，比望眼欲穿的看不到来车的影子总好受些。重庆的公共汽车有时也挤，可是从来没有像我那回坐宣武门到前门的公共汽车那样，一面挤得不堪，一面卖票人还在中途站从容的给争着上车的客人排难解纷。这真闲得可以。

现在北平几家大型报都有几种副刊，中型报也有在拉人办副刊的。副刊的水准很高，学术气非常重。我也爱北平的学术空气。自己也只是一个悠闲的读书人，并且最近也主编了一个带学术性的副刊，不过还是觉得这么多的这么学术的副刊确是北平特有的闲味儿。

然而北平究竟有些和从前不一样了。说它有罢，它有贵重的古董玩器，据说现在主顾太少了。从前买古董玩器送礼，可以巴结个一官半职的。现在据说懂得爱古董玩器的就太少了。礼还是得送，可是上了句古话，什么人爱钞，什么人都爱钞了。这一来倒是简单明了，不过不是老味道了。

古董玩器的冷落还不足奇，更使我注意的是中山公园和北海等名胜的地方，也萧条起来了。我刚回来的时候，天气还不冷，有一天带着孩子们去逛北海。大礼拜的，漪澜堂的茶座上却只寥寥的几个人。听隔家茶座的伙计在向一位客人说没有点心卖，他说因为客人少，不敢预备。这些原是中等经济的人物常到的地方；他们少来，大概是手头不宽，心头也不宽了吧。

中等经济的人家确乎是紧起来了。一位老住北平的朋友的太太，原来是大家小姐，不会做家里粗事，只会做做诗，画画画。这回见了面，瞧着她可真忙。她告诉我，用人减少了，许多事只得自己干；她笑着说现在操练出来了。她帮忙我捆书，既麻利，也还结实；想不到她真操练出来了。

这固然也是好事，可是北平到底不和从前一样了。穷得没办法的人似乎也更多了。我太太有一晚九点来钟带着两个孩子走进宣武门里一个小胡同，刚进口不远，就听见一声：站住！向前一看，十步外站着一个人，正在从黑色的上装里掏什么，说时迟，那时快，顺着灯光一瞥，掏出来的乃是一把明晃晃的尖刀！我太太大声怪叫，赶紧转身向胡同口跑，孩子们也跟着怪叫，跟着跑。

绊了石头，母子三个都摔倒；起来回头一看，那人也转了身向胡同里跑。这个人穿得似乎还不寒伧，白白的脸，年轻轻的。想来是刚走这个道儿，要不然，他该在胡同中间等着，等来人近身再喊站住！这也许真是到了无可奈何才来走险的。近来报上常见路劫的记载，想来这种新手该不少罢。从前自然也有路劫，可没有听说这么多。北平是不一样了。

电车和公共汽车虽然不算快，三轮车却的确比洋车快得多。这两种车子的竞争是机械和人力的竞争，洋车显然落后。洋车夫只好更贱卖自己的劳力。有一回雇三轮儿，出价四百元，三轮儿定要五百元。一个洋车夫赶上来说，我去，我去。上了车他向我说要不是三轮儿，这么远这个价他是不干的。还有在雇三轮儿的时候常有洋车夫赶上来，若是不理他，他会说，不是一样吗？可是，就不一样！

三轮车以外，自行车也大大的增加了。骑自行车可以省下一大笔交通费。出钱的人少，出力的人就多了。省下的交通费可以帮补帮补肚子，虽然是小补，到底是小补啊。可是现在北平街上可不是闹着玩儿的，骑车不但得出力，有时候还得拼命。按说北平的街道够宽的，可是近来常出事儿。我刚回来的一礼拜，就死伤了五六个人。其中王振华律师就是在自行车上被撞死的。这种交通的混乱情形，美国军车自然该负最大的责任。但是据报载，交通警察也很怕咱们自己的军车。警察却不怕自行车，更不怕洋车和三轮儿。他们对洋车和三轮儿倒是一视同仁，一个不顺眼就拳脚一齐来。

曾在宣武门里一个胡同口看见一辆三轮儿横在口儿上和人讲价，一个警察走来，不问三七二十一，抓住三轮车夫一顿拳打脚踢。拳打脚踢倒从来如此，他却骂得怪，他骂道，×你有民主思想的妈妈！那车夫挨着拳脚不说话，也是从来如此。可是他也怪，到底是三轮车夫罢，在警察去后，却向着背影责问道，你有权利打人吗？这儿看出了时代的影子，北平是有点儿晃荡了。

别提这些了，我是贪吃得了胃病的人，还是来点儿吃的。在西南大家常谈到北平的吃食，这呀那的，一大堆。我心里却还惦记一样不登大雅的东西，就是马蹄儿烧饼夹果子。那是一清早在胡同里提着筐子叫卖的。这回回来却还没有吃到。打听住家人，也说少听见了。这马蹄儿烧饼用硬面做，用吊炉烤，薄薄的，却有点儿韧，夹果子（就是脆而细的油条）最是相得益彰，也脆，也有咬嚼，比起有心子的芝麻酱烧饼有意思得多。可是现在劈柴贵了，吊炉少了，做马蹄儿并不能多卖钱，谁乐意再做下去！于是大家一律用芝麻酱烧饼来夹果子了。芝麻酱烧饼厚，倒更管饱些。然而，然而不一样了。

说话

谁能不说话，除了哑子？有人这个时候说，那个时候不说。有人这个地方说，那个地方不说。有人跟这些人说，不跟那些人说。有人多说，有人少说。有人爱说，有人不爱说。哑子虽然不说，却也有那咿咿呀呀的声音，指指点点的手势。

说话并不是一件容易事。天天说话，不见得就会说话；许多人说了一辈子话，没有说好过几句话。所谓辩士的舌锋、三寸不烂之舌等赞词，正是物稀为贵的证据；文人们讲究吐属，也是同样的道理。

我们并不想做辩士，说客，文人，但是人生不外言动，除了动就只有言，所谓人情世故，一半儿是在说话里。古文《尚书》里说，唯口，出好兴戎，一句话的影响有时是你料不到的，历史和小说上有的是例子。

说话即使不比作文难，也决不比作文容易。有些人会说话不会作文，但也有些人会作文不会说话。说话像行云流水，不能够一个字一个字推敲，因而不免有疏漏散漫的地方，不如作文的谨严。但那些行云流水般的自然，却决非一般文章所及。文章有能到这样境界的，简直当以说话论，不再是文章了。但是这是怎样一个不易到的境界！

我们的文章，哲学里虽有用笔如舌一个标准，古今有几个人真能用笔如舌呢？不过文章不甚自然，还可成为功力一派，说话是不行的；说话若也有功力派，你想，那怕真够瞧的！

说话到底有多少种，我说不上。约略分别：向大家演说，讲解，乃至说书等是一种，会议是一种，公私谈判是一种，法庭受审是一种，向新闻记者谈话是一种；——这些可称为正式的。朋友们的闲谈也是一种，可称为非正式的。正式的并不一定全要拉长了面孔，但是拉长了的时候多。这种话都是成片断的，有时竟是先期预备好的。只有闲谈，可以上下古今，来一个杂拌儿；说是杂拌儿，自然零零碎碎，成片段的是例外。闲谈说不上预备，满是将话搭话，随机应变。说预备好了再去闲谈，那岂不是个大笑话？这种种说话，大约都有一些公式，就是闲谈也有——天气常是闲谈的发端，就是一例。但是公式是死的，不够用的，神而明之还在乎人。会说的教你眉飞色舞，不会说的教你昏头耷脑，即使是同一个意思，甚至同一句话。

中国人很早就讲究说话。《左传》，《国策》，《世说》是我们的三部说话的经典。一是外交辞令，一是纵横家言，一是清谈。你看他们的话多么婉转如意，句句字字打进人心坎里。还有一部《红楼梦》，里面的对话也极轻松，漂亮。此外汉代贾君房号为语妙天下，可惜留给我们的只有这一句赞词。

明代柳敬亭的说书极有大名，可惜我们也无从领略。

近年来的新文学，将白话文欧化，从外国文中借用了许多活泼的，精细的表现，同时暗示我们将旧来有些表现重新咬嚼一番。这却给我们的语言一种新风味，新力量。加以这些年说话的艰难，使一般报纸都变乖巧了，他们知道用侧面的，反面的，夹缝里的表现了。这对于读者是一种不容避免的好训练；他们渐渐敏感起来了，只有敏感的人，才能体会那微妙的咬嚼的味儿。这时期说话的艺术确有了相当的进步。论说话艺术的文字，从前著名的似乎只有韩非的《说难》，那是一篇剖析入微的文字。现在我们却已有了不少的精警之作，鲁迅先生的《立论》就是的。这可以证明我所说的相当的进步了。

中国人对于说话的态度，最高的是忘言，但如禅宗教人将嘴挂在墙上，也还是免不了说话。其次是慎言，寡言，讷于言。这三样又有分别：慎言是小心说话，小心说话自然就少说话，少说话少出错儿。寡言是说话少，是一种深沉或贞静的性格或品德。讷于言是说不出话，是一种浑厚诚实的性格或品德。这两种多半是生成的。第三是修辞或辞令。至诚的君子，人格的力量照彻一切的阴暗，用不着多说话，说话也无须乎修饰。只知讲究修饰，嘴边天花乱坠，腹中矛戟森然，那是所谓小人；他太会修饰了，倒教人不信了。他的戏法总有让人揭穿的一日。

我们是介在两者之间的平凡的人，没有那伟大的魄力，可也不至于忘掉自己。只是不能无视世故人情，我们看时候，看地方，看人，在礼貌与趣味两个条件之下，修饰我们的说话。这儿没有力，只有机智；真正的力不是修饰所可得的。我们所能希望的只是：说得少，说得好。

沉默

沉默是一种处世哲学，用得好时，又是一种艺术。

谁都知道口是用来吃饭的，有人却说是用来接吻的。我说满没有错儿；但是若统计起来，口的最多的（也许不是最大的）用处，还应该是说话，我相信。按照时下流行的议论，说话大约也算是一种宣传，自我的宣传。所以说话彻头彻尾是为自己的事。若有人一口咬定是为别人，凭了种种神圣的名字；我却也愿意让步，请许我这样说：说话有时的确只是间接地为自己，而直接的算是为别人！

自己以外有别人，所以要说话；别人也有别人的自己，所以又要少说话或不说话。于是乎我们要懂得沉默。你若念过鲁迅先生的《祝福》，一定会立刻明白我的意思。

一般人见生人时，大抵会沉默的，但也有不少例外。常在火车轮船里，看见有些人迫不及待似的到处向人问讯，攀谈，无论那是搭客或茶房，我只有羡慕这些人的健康；因为在中国这样旅行中，竟会不感觉一点儿疲倦！见生人的沉默，大约由于原始的恐惧，但是似乎也还有别的。假如这个生人的名字，你全然不熟悉，你所能做的工作，自然只是有意或无意的防御——像防御一个敌人。沉默便是最安全的防御战略。你不一定要他知道你，更不想让他发现你的可笑的地方——一个人总有些可笑的地方不是？你只让他尽量说他所要说的，若他是个爱说的人。末了你恭恭敬敬和他分别。假如这个生人，你愿意和他做朋友，你也还是得沉默。但是得留心听他的话，选出几处，加以简短的，相当的赞词；至少也得表示相当的同意。这就是知己的开场，或说起码的知己也可。假如这个人是你所敬仰的或未必敬仰的大人物，你记住，更不可不沉默！

大人物的言语，乃至脸色眼光，都有异样的地方；你最好远远地坐着，让那些勇敢的同伴上前线去。——自然，我说的只是你偶然地遇着或随众访问大人物的时候。若你愿意专诚拜谒，你得另想办法；在我，那却是一件可怕的事。——你看看大人物与非大人物或大人物与大人物间谈话的情形，准可以满足，而不用从牙缝里进出一个字。说话是一件费神的事，能少说或不说以及应少说或不说的时候，沉默实在是长寿之一道。至于自我宣传，诚哉重要——谁能不承认这是重要呢？——，但对于生人，这是白费的；他不会领略你宣传的旨趣，只暗笑你的宣传热；他会忘记得干干净净，在和你一鞠躬或一握手以后。

朋友和生人不同，就在他们能听也肯听你的说话——宣传。这不用说是交换的，但是就是交换的也好。他们在不同的程度下了解你，谅解你；他们对于你有了相当的趣味和礼貌。

你的话满足他们的好奇心，他们就趣味地听着；你的话严重或悲哀，他们因为礼貌的缘故，也能暂时跟着你严重或悲哀。在后一种情形里，满足的是你；他们所真感到的怕倒是矜持的气氛。他们知道应该怎样做，这其实是一种牺牲，应该也值得感谢的。但是即使在知己的朋友面前，你的话也还不应该说得太多，同样的故事，情感，和警句，隽语，也不宜重复的说。《祝福》就是一个好榜样。你应该相当的节制自己，不可妄想你的话占领朋友们整个的心——你自己的心，也不会让别人完全占领呀。你更应该知道怎样藏匿你自己。只有不可知，不可得的，才有人去追求；你若将所有的尽给了别人，你对于别人，对于世界，将没有丝毫意义，正和医学生实习解剖时用过的尸体一样。那时是不可思议的孤独，你将不能支持自己，而倾仆到无底的黑暗里去。

一个情人常喜欢说：我愿意将所有的都献给你！谁真知道他或她所有的是些什么呢？第一个说这句话的人，只是表示自己的慷慨，至多也只是表示一种理想；以后跟着说的，更只是口头禅而已。所以朋友间，甚至恋人间，沉默还是不可少的。你的话应该像黑夜的星星，不应该像除夕的爆竹——谁稀罕那彻宵的爆竹呢？而沉默有时更有诗意。譬如在下午，在黄昏，在深夜，在大而静的屋子里，短时的沉默，也许远胜于连续不断的倦怠了的谈话。有人称这种境界为无言之美，你瞧，多漂亮的名字！至于所谓拈花微笑，那更了不起了！

可是沉默也有不行的时候。人多时你容易沉默下去，一主一客时，就不准行。你的过分沉默，也许把你的生客惹恼了，赶跑了！倘使你愿意赶他，当然很好；倘使你不愿意呢，你就得不时的让他喝茶，抽烟，看画片，读报，听话匣子，偶然也和他谈谈天气，时局——只是复述报纸的记载，加上几个不能解决的疑问，总以引他说话为度。于是你点点头，哼哼鼻子，时而叹叹气，听着。他说完了，你再给起个头，照样的听着。

但是我的朋友遇见过一个生客，他是一位准大人物，因某种礼貌关系去看我的朋友。他坐下时，将两手笼起，搁在桌上。说了几句话，就止住了，两眼炯炯地直看着我的朋友。我的朋友窘极，好容易陆陆续续地找出一句半句话来敷衍。这自然也是沉默的一种用法，是上司对属僚保持威严用的。用在一般交际里，未免太露骨了。

而在上述的情形中，不为主人留一些余地，更属无礼。大人物以及准大人物之可怕，正在此等处。至于应付的方法，其实倒也有，那还是沉默；只消照样笼了手，和他对看起来，他大约也就无可奈何了罢？

撩天儿

王黄门兄弟三人俱诣谢公。子猷，子重多说俗事，子敬寒温而已。既出，坐客问谢公，向三贤熟愈？谢公曰，小者最胜。客曰，何以知之？谢公曰，吉人之辞寡，躁人之辞多，推此知之。

王子敬只谈谈天气，谢安引《易系辞传》的句子称赞他话少的好。《世说》的作者记他的两位哥哥多说俗事，那么，寒温就是雅事了。寡言向来认为美德，原无雅俗可说；谢安所赞美的似乎是寒温而已，刘义庆所着眼的却似乎是寒温而已，他们的看法是不一样的。寡言虽是美德，可是健谈，谈笑风生，自来也不失为称赞人的语句。这些可以说是美才，和美德是两回事，却并不互相矛盾，只是从另一角度看人罢了。只有花言巧语才真是要不得的。古人教人寡言，原来似乎是给执政者和外交官说的。这些人的言语关系往往很大，自然是谨慎的好，少说的好。后来渐渐成为明哲保身的处世哲学，却也有它的缘故。说话不免陈述自己，评论别人。这些都容易落把柄在听话人的手里。

旧小说里常见的逢人只说三分话，未可全抛一片心，就是教人少陈述自己。《女儿经》里的张家长，李家短，他家是非你莫管，就是教人少评论别人。这些不能说没有道理。但是说话并不一定陈述自己，评论别人，像谈论天气之类。就是陈述自己，评论别人，也不一定就全抛一片心，或道张家长，李家短。戏法人人会变，各有巧妙不同，这儿就用得着那些美才了。但是花言巧语却不在这儿所谓巧妙的里头，那种人往往是别有用心的。所谓健谈，谈笑风生，却只是无所用心的闲谈，谈天，撩天儿而已。

撩天儿最能表现闲谈的局面。一面是天儿，是闲谈少不了的题目，一面是撩，闲谈只是东牵西引那么回事。这撩字抓住了它的神儿。日常生活里，商量，和解，乃至演说，辩论等等，虽不是别有用心的说话，却还是有所用心的说话。只有闲谈，以消遣为主，才可以算是无所为的，无所用心的说话。人们是不甘静默的，爱说话是天性，不爱说话的究竟是很少的。人们一辈子说的话，总计起来，大约还是闲话多，费话多；正经话太用心了，究竟也是很少的。

人们不论怎么忙，总得有休息；闲谈就是一种愉快的休息。这其实是不可少的。访问，宴会，旅行等等社交的活动，主要的作用其实还是闲谈。西方人很能认识闲谈的用处。十八世纪的人说，说话是互相传达情愫，彼此受用，彼此启发的。十九世纪的人说，谈话的本来目的不是增进知识，是消遣二十世纪的人说，人的百分之九十九的谈话并不比苍蝇的哼哼更有意义些；可是他愿意哼哼，愿意证明他是个活人，不是个蜡人。谈话的目的，多半不是传达观念，而是要哼哼。

自然，哼哼也有高下；有的像蚊子那样不停的响，真教人生气。可是在晚餐会上，人宁愿作蚊子，不愿作哑子。幸而大多数的哼哼是悦耳的，有些并且是快心的。看！十八世纪还说启发，十九世纪只说消遣，二十世纪更只说哼哼，一代比一代干脆，也一代比一代透彻了。闲谈从天气开始，古今中外，似乎一例。这正因为天气是个同情的话题，无人不知，无人不晓，而又无需乎陈述自己或评论别人。刘义庆以为是雅事，便是因为谈天气是无所为的，无所用心的。但是后来这件雅事却渐渐成为雅俗共赏了；闲谈又叫谈天，又叫撩天儿，一面见出天气在闲谈里的重要地位，一面也见出天气这个话题已经普遍化到怎样程度。因为太普遍化了，便有人嫌它古老，陈腐；他们简直觉得天气是个俗不可耐的题目。于是天气有时成为笑料，有时跑到讽刺的笔下去。

有一回，一对未婚的中国夫妇到伦敦结婚登记局里，是下午三四点钟了，天上云沉沉的，那位管事的老头儿却还笑着招呼说，早晨好！天儿不错，不是吗？朋友们传述这个故事，都当作笑话。鲁迅先生的《立论》也曾用今天天气哈哈哈讽刺世故人的口吻。那位老头儿和那种世故人来的原是客套话，因为太熟套了，有时就不免离了谱。但是从此可见谈天气并不一定认真的谈天气，往往只是招呼，只是应酬，至多也只是引子。

笑话也罢，讽刺也罢，哼哼总得哼哼的，所以我们都不断的谈着天气。天气虽然是个老题目，可是风云不测，变化多端，未必就是个腐题目；照实际情形看，它还是个好题目。去年二月美大使詹森过昆明到重庆去。昆明的记者问他，此次经滇越路，比上次来昆，有何特殊观感？他答得很妙：上次天气炎热，此次气候温和，天朗无云，旅行甚为平安舒适。这是外交辞令，是避免陈述自己和评论别人的明显的例子。天气有这样的作用，似乎也就无可厚非了。

谈话的开始难，特别是生人相见的时候。从前通行请教尊姓，台甫，贵处，甚至贵庚等等，一半是认真——知道了人家的姓字，当时才好称呼谈话，虽然随后大概是忘掉的多——，另一半也只是哼哼罢了。

自从有了介绍的方式，这一套就用不着了。这一套里似乎只有贵处一问还可以就答案发挥下去；别的都只能一答而止，再谈下去，就非换题目不可，那大概还得转到天气上去，要不然，也得转到别的一些琐屑的节目上去，如几时到的？路上辛苦吧？是第一次到这儿罢？之类。用介绍的方式，谈话的开始更只能是这些节目。若是相识的人，还可以说近来好吧？忙得怎么样？等等。这些琐屑的节目像天气一样是哼哼调儿，可只是特殊的调儿，同时只能说给一个人听，不像天气是普通的调儿，同时可以说给许多人听。所以天气还是打不倒的谈话的引子——从这个引子可以或断或连的牵搭到四方八面去。

但是在变动不居的非常时代，大家关心或感兴趣的题目多，谈话就容易开始，不一定从天气下手。天气跑到讽刺的笔下，大概也就在这当儿。我们的正是这种时代。抗战，轰炸，政治，物价，欧战，随时都容易引起人们的谈话，而且尽够谈一个下午或一个晚上，无须换题目。新闻本是谈话的好题目，在平常日子，大新闻就能够取天气而代之，何况这时代，何况这些又都是关切全民族利害的！

政治更是个老题目，向来政府常禁止人们谈，人们却偏爱谈。袁世凯、张作霖的时代，北平茶楼多挂着莫谈国事的牌子，正见出人们的爱谈国事来。但是新闻和政治总还是跟在天气后头的多，除了这些，人们爱谈的是些逸闻和故事。这又全然回到茶余酒后的消遣了。还有性和鬼，也是闲谈的老题目。据说美国有个化学家，专心致志的研究他的化学，差不多不知道别的，可就爱谈性，不惜一晚半晚的谈下去。鬼呢，我们相信的明明很少，有时候却也可以独占一个晚上。不过这些都得有个引子，单刀直入是很少的。

谈话也得看是哪一等人。平常总是地位差不多职业相近似的人聚会的时候多，话题自然容易找些。若是聚会里夹着些地位相殊或职业不近的人，那就难点儿。引子倒是有现成的，如上文所说种种，也尽够用了，难的是怎样谈下去。若是知识或见闻够广博的，自然可以抓住些新题目，适合这些特殊的客人的兴趣，同时还不至于冷落了别人。要不然，也可以发挥自己的熟题目，但得说成和天气差不多的雅俗共赏的样子。话题就难在这共赏或同情上头。不用说，题目的性质是一个决定的因子。可是无论什么地位什么职业的人，总还是人，人情是不相远的。谁都可以谈谈天气，就是眼前的好证据。虽然是自己的熟题目，只要拣那些听起来不费力而可以满足好奇心的节目发挥开去，也还是可以共赏的。

这儿得留意隐藏着自己，自己的知识和自己的身份。但是自己并非不能作题目，自己也是人，只要将自己当作一个不多不少的人陈述着，不要特别爱惜，更不要得意忘形，人们也会同情的。自己小小的错误或愚蠢，不妨公诸同好，用不着爱惜。自己的得意，若有可以引起一般人兴趣的地方，不妨说是有一个人如此这般，或者以多报少，像不说很知道而说知道一点儿之类。用自己的熟题目，还有一层便宜处。若有大人物在座，能找出适合他的口味而大家也听得进去的话题，固然很好，可是万一说了外行话，就会引得那大人物或别的人肚子里笑，不如谈自己的倒是善于用短。无论如何，一番话总要能够教座中人悦耳快心，暂时都忘记了自己的地位和职业才好。

有些人只愿意人家听自己的谈话。一个声望高，知识广，听闻多，记性强的人，往往能够独占一个场面，滔滔不绝的谈下去。他谈的也许是若干牵搭着的题目，也许只是一个题目。若是座中只三五个人，这也可以是一个愉快的场面，虽然不免有人抱向隅之感。若是人多了，也许就有另行找伴儿搭话的，那就有些杀风景了。这个独占场面的人若是声望不够高，知识和经验不够广，听话的可窘了。

人多还可以找伴儿搭话，人少就只好干耗着，一面想别的。在这种聚会里，主人若是尽可能预先将座位安排成可分可合的局势，也许方便些。平常的闲谈可总是引申别人一点儿，自己也说一点儿，想着是别人乐意听听的；别人若乐意听下去，就多说点儿。还得让那默默无言的和冷冷儿的收起那长面孔，也高兴的听着。这才有意思。闲谈不一定增进人们的知识，可是对人对事得有广泛的知识，才可以有谈的；有些人还得常常读些书报，才不至于谈的老是那几套儿。并且得有好性儿，要不然，净闹别扭，真成了话不投机半句多了。记性和机智不用说也是少不得的。记性坏，往往谈得忽断忽连的，教人始而闷气，继而着急。机智差，往往赶不上点儿，对不上茬儿。闲谈总是断片的多，大段的需要长时间，维持场面不易。又总是报告的描写的多，议论少。议论不能太认真，太认真就不是闲谈；可也不能太不认真，太不认真就不成其为议论；得斟酌乎两者之间，所以难。议论自然可以批评人，但是得泛泛儿的，远远儿的；也未尝不可骂人，但是得用同情口吻。

你说这是戏！人生原是戏。戏也是有道理的，并不一定是假的。闲谈要有意思；所谓语言无味，就是没有意思。不错，闲谈多半是费话，可是有意思的费话和没有意思的还是不一样。又臭又长，没有意思；重复，矛盾，老套儿，也没有意思。又臭又长也是机智差，重复和矛盾是记性坏，老套儿是知识或见闻太可怜见的。所以除非精力过人，谈话不可太多，时间不可太久，免得露了马脚。古语道，言多必失，这儿也用得着。

还有些人只愿意自己听人家的谈话。这些人大概是些不大能，或不？者有一锥子也扎不出一句话的，可是少。那不是笨货就是怪人，可以存而不论。平常所谓不能谈话的，也许是知识或见闻不够用，也许是见的世面少。这种人在家里，在亲密的朋友里，也能有说有笑的，一到了排场些的聚会，就哑了。但是这种人历练历练，能以成。也许是懒。这种人记性大概不好；懒得谈，其实也没谈的。还有，是矜持。这种人是语不惊人死不休的。他们在等着一句聪明的话，可是老等不着。等得着的是谈言微中的真聪明人；这种人不能说是不能谈话，只能说是不爱谈话。

不爱谈话的却还有深心的人；他们生怕露了什么口风，落了什么把柄似的，老等着人家开口。也还有谨慎的人，他们只是小心，不是深心；只是自己不谈或少谈，并不等着人家。这是明哲保身的人。向来所赞美的寡言，其实就是这样的人。但是寡言原来似乎是针对着战国时代好辩说的。后世有些高雅的人，觉得话多了就免不了说到俗事上去，爱谈话就免不了俗气，这和寡言的本义倒还近些。这些爱寡言的人也有他们的道理，谢安和刘义庆的赞美都是值得的。不过不能谈话不爱谈话的人，却往往更愿意听人家的谈话，人情究竟是不甘静默的。——就算谈话免不了俗气，但俗的是别人，自己只听听，也乐得的。一位英国的无名作家说过：良心好，不愧于神和人，是第一件乐事，第二件乐事就是谈话。就一般人看，闲谈这一件乐事其实是不可少的。

人话

在北平呆过的人总该懂得人话这个词儿。小商人和洋车夫等等彼此动了气，往往破口问这么句话：你懂人话不懂？要不就说：你会说人话不会？

这是一句很重的话，意思并不是问对面的人懂不懂人话，会不会说人话，意思是骂他不懂人话，不会说人话。不懂人话，不会说人话，干脆就是畜生！这叫拐着弯儿骂人，又叫骂人不带脏字儿。不带脏字儿是不带脏字儿，可到底是骂街，所以高尚人士不用这个词儿。他们生气的时候也会说不通人性，不像人，不是人，还有不像话，不成话等等，可就是不肯用人话这个词儿。不像话，不成话，是没道理的意思；不通人性，不像人，不是人还不就是畜生？比起不懂人话，不说人话来，还少拐了一个弯儿呢。可是高尚人士要在人背后才说那些话，当着面大概他们是不说的。这就听着火气小，口气轻似的，听惯了这就觉得不通人性，不像人，不是人那几句来得斯文点儿，不像人话那么野。其实，按字面儿说，人话倒是个含蓄的词儿。

北平人讲究规矩，他们说规矩，就是客气。我们走进一家大点儿的铺子，总有个伙计出来招待，哈哈腰说，您来啦！出来的时候，又是个伙计送客，哈哈腰说，您走啦，不坐会儿啦？这就是规矩。洋车夫看同伙的问好儿，总说，您老爷子好？老太太好？您少爷在那儿上学？从不说你爸爸，你妈妈，你儿子，可也不会说令尊，令堂，令郎那些个，这也是规矩。有的人觉得这些都是假仁假义，假声假气，不天真，不自然。他们说北平人有官气，说这些就是凭据。不过天真不容易表现，有时也不便表现。只有在最亲近的人面前，天真才有流露的机会，再说天真有时就是任性，也不一定是可爱的。

所以得讲规矩。规矩是调节天真的，也就是礼，四维之首的礼。礼须要调节，得有点儿做作是真的，可不能说是假。调节和做作是为了求中和，求平衡，求自然——这儿是所谓习惯成自然。规矩也罢，礼也罢，无非教给人做人的道理。我们现在到过许多大城市，回想北平，似乎讲究规矩并不坏，至少我们少碰了许多硬钉子。讲究规矩是客气，也是人气，北平人爱说的那套话都是他们所谓人话。

别处人不用人话这个词儿，只说讲理不讲理，雅俗通用。讲理是讲理性，讲道理。所谓理性（这是老名词，重读理字，翻译的名词理性，重读性字）自然是人的理性，所谓道理也就是做人的道理。现在人爱说合理，那个理的意思比讲理的理宽得多。讲理当然合理，这是常识，似乎用不着捡出西哲亚里士多德的大帽子，说人是理性的动物。可是这句话还是用得着，讲理是理性的动物的话，可不就是人话？不过不讲理的人还是不讲理的人，并不明白的包含着不懂人话，不会说人话所包含着的意思。

讲理不一定和平，上海的讲茶就常教人触目惊心的。可是看字面儿，你讲理不讲理？的确比你懂人话不懂？你会说人话不会？和平点儿。不讲理比不懂人话，不会说人话多拐了个弯儿，就不至于影响人格了。所谓做人的道理大概指的恕道，就是孔子所说的己所不欲，勿施于人。而人话要的也就是恕道。按说理这个词儿其实有点儿灰色，赶不上人话那个词儿鲜明，现在也许有人觉得还用得着这么个鲜明的词儿。不过向来的小商人洋车夫等等把它用得太鲜明了，鲜明得露了骨，反而糟蹋了它，这真是怪可惜的。

憎

我生平怕看见干笑，听见敷衍的话；更怕冰搁着的脸和冷淡的言词，看了，听了，心里便会发抖。至于惨酷的佯笑，强烈的揶揄，那简直要我全身都痉挛般掣动了。在一般看惯、听惯、老于世故的前辈们，这些原都是家常便饭，很用不着大惊小怪地去张扬；但如我这样一个阅历未深的人，神经自然容易激动些，又痴心渴望着爱与和平，所以便不免有些变态。平常人可以随随便便过去的，我不幸竟是不能；因此增加了好些苦恼，减却了好些生力。——这真所谓自作孽了！

前月我走过北火车站附近。马路上横躺着一个人：微侧着拳曲的身子。脸被一破芦苇遮了，不曾看见；穿着黑布夹袄，垢腻的淡青的衬里，从一处处不规则地显露，白斜纹的单袴，受了尘秽底沾染，早已变成灰色；双足是赤着，脚底满涂着泥土，脚面满积着尘垢，皮上却绉着网一般的细纹，映在太阳里，闪闪有光。

这显然是一个劳动者的尸体了。一个不相干的人死了，原是极平凡的事；况是一个不相干又不相干的劳动者呢？所以围着看的虽有十余人，却都好奇地睁着眼，脸上的筋肉也都冷静而弛缓。我给周遭的冷淡噤住了；但因为我的老脾气，终于茫漠地想着：他的一生是完了；但于他曾有什么价值呢？他的死，自然，不自然呢？上海像他这样人，知道有多少？像他这样死的，知道一日里又有多少？再推到全世界呢？……

这不免引起我对于人类运命的一种杞忧了！但是思想忽然转向，何以那些看闲的，于这一个同伴的死如此冷淡呢？倘然死的是他们的兄弟，朋友，或相识者，他们将必哀哭切齿，至少也必惊惶；这个不识者，在他们却是无关得失的，所以便漠然了？但是，果然无关得失么？叫天子一声叫，尚能撕去我一缕神经，一个同伴悲惨的死，果然无关得失么？一人生在世，倘只有极少极少的所谓得失相关者顾念着，岂不是太孤寂又太狭隘了么？狭隘，孤寂的人间，哪里有善良的生活！唉！我不愿再往下想了！

这便是遍满现世间的漠视了。

我有一个中学同班的同学。他在高等学校毕了业；今年恰巧和我同事。我们有四五年不见面，不通信了；相见时我很高兴，滔滔汩汩地向他说知别后的情形；称呼他的号，和在中学时一样。他只支持着同样的微笑听着。听完了，仍旧支持那微笑，只用极简单的话说明他中学毕业后的事，又称了我几声先生。

我起初不曾留意，陡然发见那干涸的微笑，心里先有些怯了；接着便是那机器榨出来的几句话和敬而远之的一声声的先生，我全身都不自在起来；热烈的想望早冰结在心坎里！可是到底鼓勇说了这一句话：请不要这样称呼罢；我们是同班的同学哩！他却笑着不理会，只含糊应了一回；另一个先生早又从他嘴里送出了！我再不能开口，只蜷缩在椅子里，眼望着他。他觉得有些奇怪，起身，鞠躬，告辞。我点了头，让他走了。这时羞愧充满在我心里；世界上有什么东西在我身上，使人弃我如敝屣呢？

约莫两星期前，我从大马路搭电车到车站。半路上上来一个魁梧奇伟的华捕。他背着手直挺挺的靠在电车中间的发动机上。穿着青布制服，戴着红缨凉帽，蓝的绑腿，黑的厚重的皮鞋：这都和他别的同伴一样。另有他的一张粗黑的盾形的脸，在那脸上表现出他自己的特色。在那脸，嘴上是抿了，两眼直看着前面，筋肉像浓霜后的大地一般冷重；一切有这样地严肃，我几乎疑惑那是黑的石像哩！从他上车，我端详了好久，总不见那脸上有一丝的颤动；我忽然感到一种压迫的感觉，仿佛有人用一条厚棉被连头夹脑紧紧地捆了我一般，呼吸便渐渐地低迫促了。

那时电车停了，再开的时候，从车后匆匆跑来一个贫妇。伊有褴褛的古旧的浑沌色的竹布长褂和袴；跑时只是用两只小脚向前挣扎，蓬蓬的黄发纵横地飘拂着；瘦黑多皱襞的脸上，闪烁着两个热望的眼珠，嘴唇不住地开合——自然是喘息了。伊大概有紧要的事，想搭乘电车。来得慢了，捏捉着车上的铁柱。早又被他从伊手里滑去；于是伊只有踉踉跄跄退下了！这时那位华捕忽然出我意外，赫然地笑了；他看着拙笨的伊，叫道：哦——呵！他颊上，眼旁，霜浓的筋肉都开始显出匀称的皱纹；两眼细而润泽，不似先前的枯燥；嘴是裂开了，露出两个灿灿的金牙和一色洁白的大齿；他身体的姿势似乎也因此变动了些。他的笑虽然暂时地将我从冷漠里解放；但一刹那间，空虚之感又使我几乎要被身份的大气压扁！因为从那笑的貌和声里，我锋利地感着一切的骄傲，狡猾，侮辱，残忍；只要有爱的心，和平的光芒的，谁的全部神经能不被痉挛般掣动着呢？

这便是遍满现世间的蔑视了。

我今年春间，不自量力，去任某校教务主任。同事们多是我的熟人，但我于他们，却几乎是个完全的生人；我遍尝漠视和漠视的滋味，感到莫名的孤寂！那时第一难事是拟订日课表。因了师生们关系的复杂，校长交来三十余条件；经验缺乏、脑筋简单的我，真是无所措手足！挣揣了五六天工夫，好容易勉强凑成了。

却有一位在别校兼课的，资望深重的先生，因为有几天午后的第一课和别校午前的第四课衔接，两校相距太远，又要回家吃饭，有些赶不及，便大不满意。他这兼课情形，我本不知，校长先生的条件里，也未开入；课表中不能顾到，似乎也情有可原。但这位先生向来是面若冰霜，气如虹盛；他的字典里大约是没有恕字的，于是挑战的信来了，说什么既难枵腹，又无汽车；如何设法，还希见告！我当时受了这意外的，滥发的，冷酷的讽刺，极为难受；正是满肚皮冤枉，没申诉处，我并未曾有一些开罪于他，他却为何待我如仇敌呢？我便写一信覆他，自己略略辩解；对于他的态度，表示十分的遗憾：我说若以他的失当的谴责，便该不理这事，可是因为向学校的责任，我终于给他设法了。

他接信后，上诉于校长先生。校长先生请我去和他对质。狡黠的复仇的微笑在他脸上，正和有毒的菌类显着光怪陆离的彩色一般。他极力说得慢些，说低些：为什么说便该不理呢？课表岂是钦定的么？若说态度，该怎样啊！许要用请愿罢？这里每一个字便像一把利剑，缓缓地，但是深深地，刺入我心里！他完全胜利，脸上换了愉快的微笑，侮蔑地看着默了的我，我不能再支持，立刻辞了职回去。

这便是遍满现世间的敌视了。

春

盼望着，盼望着，东风来了，春天的脚步近了。

一切都像刚睡醒的样子，欣欣然张开了眼。山朗润起来了，水涨起来了，太阳的脸红起来了。

小草偷偷地从土里钻出来，嫩嫩的，绿绿的。园子里，田野里，瞧去，一大片一大片满是的。坐着，躺着，打两个滚，踢几脚球，赛几趟跑，捉几回迷藏。风轻悄悄的，草绵软软的。

桃树、杏树、梨树，你不让我，我不让你，都开满了花赶趟儿。红的像火，粉的像霞，白的像雪。花里带着甜味，闭了眼，树上仿佛已经满是桃儿、杏儿、梨儿！花下成千成百的蜜蜂嗡嗡地闹着，大小的蝴蝶飞来飞去。野花遍地是：杂样儿，有名字的，没名字的，散在草丛里，像眼睛，像星星，还眨呀眨的。

“吹面不寒杨柳风”，不错的，像母亲的手抚摸着你。风里带来些新翻的泥土的气息，混着青草味，还有各种花的香，都在微微润湿的空气里酝酿。鸟儿将窠巢安在繁花嫩叶当中，高兴起来了，呼朋引伴地卖弄清脆的喉咙，唱出宛转的曲子，与轻风流水应和着。牛背上牧童的短笛，这时候也成天在嘹亮地响。

雨是最寻常的，一下就是三两天。可别恼，看，像牛毛，像花针，像细丝，密密地斜织着，人家屋顶上全笼着一层薄烟。树叶子却绿得发亮，小草也青得逼你的眼。傍晚时候，上灯了，一点点黄晕的光，烘托出一片安静而和平的夜。乡下去，小路上，石桥边，撑起伞慢慢走着的人；还有地里工作的农夫，披着蓑，戴着笠的。他们的草屋，稀稀疏疏的在雨里静默着。

天上风筝渐渐多了，地上孩子也多了。城里乡下，家家户户，老老小小，他们也赶趟儿似的，一个个都出来了。舒活舒活筋骨，抖擞抖擞精神，各做各的一份事去。“一年之计在于春”；刚起头儿，有的是工夫，有的是希望。

春天像刚落地的娃娃，从头到脚都是新的，它生长着。

春天像小姑娘，花枝招展的，笑着，走着。

春天像健壮的青年，有铁一般的胳膊和腰脚，他领着我们上前去。

买书

买书也是我的嗜好，和抽烟一样。但这两件事我其实都不在行，尤其是买书。在北平这地方，像我那样买，像我买的那些书，说出来真寒伧死人；不过本文所要说的既非诀窍，也算不得经验，只是些小小的故事，想来也无妨的。

在家乡中学时候，家里每月给零用一元。大部分都报效了一家广益书局，取回些杂志及新书。那老板姓张，有点儿抽肩膀，老是捧着水烟袋；可是人好，我们不觉得他有市侩气。他肯给我们这班孩子记帐。每到节下，我总欠他一元多钱。他催得并不怎么紧；向家里商量商量，先还个一元也就成了。那时候最爱读的一本《佛学易解》（贾丰臻著，中华书局印行）就是从张手里买的。那时候不买旧书，因为家里有。

只有一回，不知哪儿来检《文心雕龙》的名字，急着想看，便去旧书铺访求：有一家拿出一部广州套版的，要一元钱，买不起；后来另买到一部，书品也还好，纸墨差些，却只花了小洋三角。这部书还在，两三年前给换上了磁青纸的皮儿，却显得配不上。

到北平来上学入了哲学系，还是喜欢找佛学书看。那时候佛经流通处在西城卧佛寺街鹫峰寺。在街口下了车，一直走，快到城根儿了，才看见那个寺。那是个阴沉沉的秋天下午，街上只有我一个人。到寺里买了《因明入正理论疏》、《百法明门论疏》、《翻译名义集》等。这股傻劲儿回味起来颇有意思；正像那回从天坛出来，挨着城根，独自个儿，探险似的穿过许多没人走的碱地去访陶然亭一样。

在毕业的那年，到琉璃厂华洋书庄去，看见新版韦伯斯特大字典，定价才十四元。可是十四元并不容易找。想来想去，只好硬了心肠将结婚时候父亲给做的一件紫毛（猫皮）水獭领大氅亲手拿着，走到后门一家当铺里去，说当十四元钱。柜上人似乎没有什么留难就答应了。这件大氅是布面子，土式样，领子小而毛杂——原是用了两副“马蹄袖”拼凑起来的。父亲给做这件衣服，可很费了点张罗。拿去当的时候，也踌躇了一下，却终于舍不得那本字典。想着将来准赎出来就是了。想不到竟不能赎出来，这是直到现在翻那本字典时常引为遗憾的。

重来北平之后，有一年忽然想搜集一些杜诗。一家小书铺叫文雅堂的给找了不少，都不算贵；那伙计是个麻子，一脸笑，是铺子里少掌柜的。铺子靠他父亲支持，并没有什么好书，去年他父亲死了，他本人不大内行，让伙计吃了，现在长远不来了，他不知怎么样。说起杜诗，有一回，一家书铺送来高丽本《杜律分韵》，两本书，索价三百元。书极不相干而索价如此之高，荒谬之至，况且书面上原购者明明写着“以银二两得之”。第二天另一家送来一样的书，只要二元钱，我立刻买下。北平的书价，离奇有如此者。

旧历正月里厂甸的书摊值得看；有些人天天巡礼去。我住的远，每年只去一个下午——上午摊儿少。土地祠内外人山人海摩肩接踵地来往。也买过些零碎东西；其中有一本是《伦敦竹枝词》，花了三毛钱。买来以后，恰好《论语》要稿子，选抄了些寄去，加上一点说明，居然得着五元稿费。这是仅有的一次，买的书赚了钱。

在伦敦的时候，从寓所出来，走过近旁小街。有一家小书店门口摆着一架旧书。上前去徘徊了一下，看见一本《牛津书话选》（The book Lovers，Anthology），烫花布面，装订不马虎，四百多面，本子也不小，准有七八成新，才一先令六便士，那时合中国一元三毛钱，比东安市场旧洋书还贱些。这选本节录许多名家诗文，说到书的各方面的；性质有点像叶德辉氏《书林清话》，但不像《清话》有系统；他们旨趣原是两样的。因为买这本书，结识了那掌柜的；他以后给我找了不少便宜的旧书。有一种书，他找不到旧的；便和我说，他们批购新书按七五扣，他愿意少赚一扣，按九扣卖给我。我没有要他这么办，但是很感谢他的好意。

初到清华记

从前在北平读书的时候，老在城圈儿里呆着。四年中虽也游过三五回西山，却从没来过清华；说起清华，只觉得很远很远而已。那时也不认识清华人，有一回北大和清华学生在青年会举行英语辩论，我也去听。清华的英语确是流利得多，他们胜了。那回的题目和内容，已忘记干净；只记得复辩时，清华那位领袖很神气，引着孔子的什么话。

北大答辩时，开头就用了furiously一个字叙述这位领袖的态度。这个字也许太过，但也道着一点儿。那天清华学生是坐大汽车进城的，车便停在青年会前头；那时大汽车还很少。那是冬末春初，天很冷。一位清华学生在屋里只穿单大褂，将出门却套上厚厚的皮大氅。这种“行”和“衣”的路数，在当时却透着一股标劲儿。

初来清华，在十四年夏天。刚从南方来北平，住在朝阳门边一个朋友家。那时教务长是张仲述先生，我们没见面。我写信给他，约定第三天上午去看他。写信时也和那位朋友商量过，十点赶得到清华么，从朝阳门哪儿？他那时已经来过一次，但似乎只记得“长林碧草”，——他写到南方给我的信这么说——说不出路上究竟要多少时候。他劝我八点动身，雇洋车直到西直门换车，免得老等电车，又换来换去的，耽误事。那时西直门到清华只有洋车直达；后来知道也可以搭香山汽车到海甸再乘洋车，但那是后来的事了。

第三天到了，不知是起得晚了些还是别的，跨出朋友家，已经九点挂零。心里不免有点儿急，车夫走的也特别慢似的。到西直门换了车。据车夫说本有条小路，雨后积水，不通了；那只得由正道了。刚出城一段儿还认识，因为也是去万牲园的路；以后就茫然。到黄庄的时候，瞧着些屋子，以为一定是海甸了；心里想清华也就快到了吧，自己安慰着。快到真的海甸时，问车夫，“到了吧？”“没哪。这是海甸。”这一下更茫然了。

海甸这么难到，清华要何年何月呢？而车夫说饿了，非得买点儿吃的。吃吧，反正豁出去了。这一吃又是十来分钟。说还有三里多路呢。那时没有燕京大学，路上没什么看的，只有远处淡淡的西山。好容易过了红桥，喇嘛庙，渐渐看见两行高柳，像穹门一般。十刹海的垂杨虽好，但没有这么多这么深，那时路上只有我一辆车，大有长驱直入的神气。柳树前一面牌子，写着“入校车马缓行”；这才真到了，心里想，可是大门还够远的，不用说西院门又骗了我一次，又是六七分钟，才真真到了。坐在张先生客厅里一看钟，十二点还欠十五分。

张先生住在乙所，得走过那“长林碧草”，那浓绿真可醉人。张先生客厅里挂着一副有正书局印的邓完白隶书长联。我有一个会写字的同学，他喜欢邓完白，他也有这一副对联；所以我这时如见故人一般。张先生出来了。他比我高得多，脸也比我长得多。一眼看出是个顶能干的人。我向他道歉来得太晚，他也向我道歉，说刚好有个约会，不能留我吃饭。谈了不大工夫，十二点过了，我告辞。到门口，原车还在，坐着回北平吃饭去。过了一两天，我就搬行李来了。这回却坐了火车，是从环城铁路朝阳门站上车的。

以后城内城外来往的多了，得着一个诀窍；就是在西直门一上洋车，且别想“到”清华，不想着不想着也就到了。——香山汽车也搭过一两次，可真够瞧的。两条腿有时候简直无放处，恨不得不是自己的。有一回，在海甸下了汽车，在现在“西园”后面那个小饭馆里，拣了临街一张四方桌，坐在长凳上，要一碟苜蓿肉，两张家常饼，二两白玫瑰，吃着喝着，也怪有意思；而且还在那桌上写了《我的南方》一首歪诗。那时海甸到清华一路常有穷女人或孩子跟着车要钱。他们除“您修好”等等常用语句外，有时会说“您将来做校长”，这是别处听不见的。

蒙自杂记

我在蒙自住过五个月，我的家也在那里住过两个月。我现在常常想起这个地方，特别是在人事繁忙的时候。

蒙自小得好，人少得好。看惯了大城的人，见了蒙自的城圈儿会觉得像玩具似的，正像坐惯了普通火车的人，乍踏上个碧石小火车，会觉得像玩具似的一样。但是住下来，就渐渐觉得有意思。城里只有一条大街，不消几趟就走熟了。书店，文具店，点心店，电筒店，差不多闭了眼可以找到门儿。城外的名胜去处，南湖，湖里的崧岛，军山，三山公园，一下午便可走遍，怪省力的。不论城里城外，在路上走，有时候会看不见一个人。整个儿天地仿佛是自己的；自我扩展到无穷远，无穷大。这教我想起了台州和白马湖，在那两处住的时候，也有这种静味。

大街上有一家卖糖粥的，带着卖煎粑粑。桌子凳子乃至碗匙等都很干净，又便宜，我们联大师生照顾的特别多。掌柜是个四川人，姓雷，白发苍苍的。他脸上常挂着微笑，却并不是巴结顾客的样儿。他爱点古玩什么的，每张桌子上，竹器瓷器占着一半儿；糖粥和粑粑便摆在这些桌子上吃。他家里还藏着些“精品”，高兴的时候，会特地去拿来请顾客赏玩一番。老头儿有个老伴儿，带一个伙计，就这么活着，倒也自得其乐。我们管这个铺子叫“雷稀饭”，管那掌柜的也叫这名儿；他的人缘儿是很好的。

城里最可注意的是人家的门对儿。这里许多门对儿都切合着人家的姓。别地方固然也有这么办的，但没有这里的多。散步的时候边看边猜，倒很有意思。但是最多的是抗战的门对儿。昆明也有，不过按比例说，怕不及蒙自的多；多了，就造成一种氛围气，叫在街上走的人不忘记这个时代的这个国家。这似乎也算利用旧形式宣传抗战建国，是值得鼓励的。眼前旧历年就到了，这种抗战春联，大可提倡一下。

蒙自的正式宣传工作，除党部的标语外，教育局的努力，也值得记载。他们将一座旧戏台改为演讲台，又每天张贴油印的广播消息。这都是有益民众的。他们的经费不多，能够逐步做去，是很有希望的。他们又帮忙北大的学生办了一所民众夜校。报名的非常踊跃，但因为教师和座位的关系，只收了二百人。夜校办了两三个月，学生颇认真，成绩相当可观。那时蒙自的联大要搬到昆明来，便只得停了。教育局长向我表示很可惜；看他的态度，他说的是真心话。

蒙自的民众相当的乐意接受宣传。联大的学生曾经来过一次灭蝇运动。四五月间蒙自苍蝇真多。有一位朋友在街上笑了一下，一张口便飞进一个去。灭蝇运动之后，街上许多食物铺子，备了冷布罩子，虽然简陋，不能不说是进步。铺子的人常和我们说，“这是你们来了之后才有的呀。”可见他们是很虚心的。

蒙自有个火把节，四乡是在阴历六月二十四晚上，城里是二十五晚上。那晚上城里人家都在门口烧着芦秆或树枝，一处处一堆堆熊熊的火光，围着些男男女女大人小孩；孩子们手里更提着烂布浸油的火球儿晃来晃去的，跳着叫着，冷静的城顿然热闹起来。这火是光，是热，是力量，是青年。

四乡地方空阔，都用一棵棵小树烧；想象着一片茫茫的大黑暗里涌起一团团的热火，光景够雄伟的。四乡那些夷人，该更享受这个节，他们该更热烈的跳着叫着罢。这也许是个拔除节，但暗示着生活力的伟大，是个有意义的风俗；在这抗战时期，需要鼓舞精神的时期，它的意义更是深厚。

南湖在冬春两季水很少，有一半简直干得不剩一点二滴儿。但到了夏季，涨得溶溶滟滟的，真是返老还童一般。湖堤上种了成行的由加利树；高而直的干子，不差什么也有“参天”之势。细而长的叶子，像惯于拂水的垂杨，我一站到堤上禁不住想到北平的十刹海。再加上崧岛那一带田田的荷叶，亭亭的荷花，更像十刹海了。

崧岛是个好地方，但我看还不如三山公园曲折幽静。这里只有三个小土堆儿。几个朴素小亭儿。可是回旋起伏，树木掩映，这儿那儿更点缀着一些石桌石墩之类；看上去也罢，走起来也罢，都让人有点余味可以咀嚼似的。这不能不感谢那位李崧军长。南湖上的路都是他的军士筑的，崧岛和军山也是他重新修整的；而这个小小的公园，更见出他的匠心。这一带他写的匾额很多。他自然不是书家，不过笔势瘦硬，颇有些英气。

联大租借了海关和东方汇理银行旧址，是蒙自最好的地方。海关里高大的由加利树，和一片软软的绿草是主要的调子，进了门不但心胸一宽，而且周身觉得润润的。树头上好些白鹭，和北平太庙里的“灰鹤”是一类，北方叫做“老等”。那洁白的羽毛，那伶俐的姿态，耐人看，一清早看尤好。

在一个角落里有一条灌木林的甬道，夜里月光从叶缝里筛下来，该是顶有趣的。另一个角落长着些芒果树和木瓜树，可惜太阳力量不够，果实结得不肥，但沾着点热带味，也叫人高兴。银行里花多，遍地的颜色，随时都有，不寂寞。最艳丽的要数叶子花。花是浊浓的紫，脉络分明活像叶，一丛丛的，一片片的，真是“浓得化不开”。花开的时候真久。我们四月里去，它就开了，八月里走，它还没谢呢。

北平沦陷那一天

二十六年七月二十七日的下午，风声很紧，我们从西郊搬到西单牌楼左近胡同里朋友的屋子里。朋友全家回南，只住着他的一位同乡和几个仆人。我们进了城，城门就关上了。街上有点乱，但是大体上还平静。听说敌人有哀的美敦书给我们北平的当局，限二十八日答覆，实在就是叫咱们非投降不可。要不然，二十八日他们便要动手。我们那时虽然还猜不透当局的意思。但是看光景，背城一战是不可免的。

二十八日那一天，在床上便听见隆隆的声音。我们想，大概是轰炸西苑兵营了。赶紧起来，到胡同口买报去。胡同口正冲着西长安街。这儿有西城到东城的电车道，可是这当儿两头都不见电车的影子。只剩两条电车轨在闪闪的发光。街上洋车也少，行人也少。那么长一条街，显得空空的，静静的。胡同口，街两边走道儿上却站着不少闲人，东望望，西望望，都不做声，像等着什么消息似的。街中间站着一个警察，沉着脸不说话。有一个骑车的警察，扶着车和他咬了几句耳朵，又匆匆上车走了。

报上看出咱们是决定打了。我匆匆拿着报看着回到住的地方。隆隆的声音还在稀疏的响着。午饭匆匆的吃了。门口接二连三的叫“号外！号外！”买进来抢着看，起先说咱们抢回丰台，抢回天津老站了，后来说咱们抢回廊坊了，最后说咱们打进通州了。这一下午，屋里的电话铃也直响。有的朋友报告消息，有的朋友打听消息。报告的消息有的从地方政府里得来，有的从外交界得来，都和“号外”里说的差不多。我们眼睛忙着看号外，耳朵忙着听电话，可是忙得高兴极了。

六点钟的样子，忽然有一架飞机嗡嗡的出现在高空中。大家都到院子里仰起头看，想看看是不是咱们中央的。飞机绕着弯儿，随着弯儿，均匀的撒着一搭一搭的纸片儿，像个长尾巴似的。纸片儿马上散开了，纷纷扬扬的像蝴蝶儿乱飞。我们明白了，这是敌人打得不好，派飞机来撒传单冤人了。仆人们开门出去，在胡同里捡了两张进来，果然是的。满纸荒谬的劝降的话。我们略看一看，便撕掉扔了。

天黑了，白天里稀疏的隆隆的声音却密起来了。这时候屋里的电话铃也响得密起来了。大家在电话里猜着，是敌人在进攻西苑了，是敌人在进攻南苑了。这是炮声，一下一下响的是咱们的，两下两下响的是他们的。可是敌人怎么就能够打到西苑或南苑呢？谁都在闷葫芦里！一会儿警察挨家通知，叫塞严了窗户跟门儿什么的，还得准备些土，拌上尿跟葱，说是夜里敌人的飞机许来放毒气。我们不相信敌人敢在北平城里放毒气。但是仆人们照着警察吩咐的办了。我们焦急的等着电话里的好消息，直到十二点才睡。睡得不坏，模糊的凌乱的做着胜利的梦。

二十九日天刚亮，电话铃响了。一个朋友用确定的口气说，宋哲元、秦德纯昨儿夜里都走了！北平的局面变了！就算归了敌人了！他说昨儿的好消息也不是全没影儿，可是说得太热闹些。他说我们现在像从天顶上摔下来了，可是别灰心！瞧昨儿个大家那么焦急的盼望胜利的消息，那么热烈的接受胜利的消息，可见北平的人心是不死的。只要人心不死，最后的胜利终久是咱们的！等着瞧罢，北平是不会平静下去的，总有那么一天，咱们会更热闹一下。那就是咱们得着决定的胜利的日子！这个日子不久就会到来的！我相信我的朋友的话句句都不错！

重庆行记

我从昆明到重庆是飞的。

人们总羡慕海阔天空，以为一片茫茫，无边无界，必然大有可观。因此以为坐海船坐飞机是“不亦快哉！”其实也未必然。晕船晕机之苦且不谈，就是不晕的人或不晕的时候，所见虽大，也未必可观。

海洋上见的往往是一片汪洋，水，水，水。当然有浪，但是浪小了无可看，大了无法看——那时得躲进舱里去。船上看浪，远不如岸上，更不如高处。海洋里看浪，也不如江湖里，海洋里只是水，只是浪，显不出那大气力。江湖里有的是遮遮碍碍的，山哪，城哪，什么的，倒容易见出一股劲儿。“江间波浪兼云涌”为的是巫峡勒住了江水；“波撼岳阳城”，得有那岳阳城，并且得在那岳阳城楼上看。

不错，海洋里可以看日出和日落，但是得有运气。日出和日落全靠云霞烘托才有意思。不然，一轮呆呆的日头简直是个大傻瓜。云霞烘托虽也常有，但往往淡淡的，懒懒的，那还是没意思。得浓，得变，一眨眼一个花样，层出不穷，才有看头。这是可遇而不可求的。

平生只见过两回的落日，都在陆上，不在水里。

水里看见的，日出也罢，日落也罢，只是些傻瓜而已。这种奇观若是有意为之，大概白费气力居多。

有一次大家在衡山上看日出，起了个大清早等着。出来了，出来了，有些人跳着嚷着。那时一丝云彩没有，日光直射，教人睁不开眼，不知那些人看到了些什么，那么跳跳嚷嚷的。许是在自己催眠吧。

自然，海洋上也有美丽的日落和日出，见于记载的也有。但是得有运气，而有运气的并不多。

天空跟海一样，也大也单调。但是初次坐飞机的人虽无多少文学艺术的背景帮助他的想象，却总还有那“天宽任鸟飞”的想象；加上别人的经验，上之视下，似乎不只是苍苍而已，也有那翻腾的云海，也有那平铺的锦绣。这就够揣摩的。

然而飞机快是真的，两点半钟，到重庆了，这倒真是个“不亦快哉”！

热

昆明虽然不见得四时皆春，可的确没有一般所谓夏天。今年直到七月初，晚上我还随时穿上衬绒袍。

飞机在空中走，一直不觉得热，下了机过渡到岸上，太阳晒着，也还不觉得怎样热。在昆明听到重庆已经很热。

记得两年前端午节在重庆一间屋里坐着，什么也不做，直出汗，那是一个时雨时晴的日子。想着一下机必然汗流浃背，可是过渡花了半点钟，满晒在太阳里，汗珠儿也没有沁出一个。后来知道前两天刚下了雨，天气的确清凉些，而感觉既远不如想象之甚，心里也的确清凉些。

滑竿沿着水边一线的泥路走，似乎随时可以滑下江去，然而毕竟上了坡。有一个坡很长，很宽，铺着大石板。来往的人很多，他们穿着各样的短衣，摇着各样的扇子，真够热闹的。片段的颜色和片段的动作混成一幅斑驳陆离的画面，像出于后期印象派之手。

我赏识这幅画，可是好笑那些人，尤其是那些扇子。那些扇子似乎只是无所谓的机械的摇着，好像一些无事忙的人。当时我和那些人隔着一层扇子，和重庆也隔着一层扇子，也许是在滑竿儿上坐着，有人代为出力出汗，会那样心地清凉罢。

第二天上街一走，感觉果然不同，我分别了重庆的热了。扇子也买在手里了。穿着成套的西服在大太阳里等大汽车，等到了车，在车里挤着，实在受不住，只好脱了上装，折起挂在膀子上。有一两回勉强穿起上装站在车里，头上脸上直流汗，手帕子简直揩抹不及，眉毛上，眼镜架上常有汗偷偷的滴下。

这偷偷滴下的汗最教人担心，担心它会滴在面前坐着的太太小姐的衣服上，头脸上，就不是太太小姐，而是绅士先生，也够那个的。再说若碰到那脾气躁的人，更是吃不了兜着走。曾在北平一家戏园里见某甲无意中碰翻了一碗茶，泼些在某乙的竹布长衫上，某甲直说好话，某乙却一声不响的拿起茶壶向某甲身上倒下去。碰到这种人，怕会大闹街车，而且是越闹越热，越热越闹，非到宪兵出面不止。

话虽如此，幸而倒没有出什么岔儿，不过为什么偏要白白的将上装挂在膀子上，甚至还要勉强穿上呢？大概是为的绷一手儿罢。在重庆人看来，这一手其实可笑，他们的夏威夷短裤儿照样绷得起，何必要多出汗呢？这儿重庆人和我到底还隔着一个心眼儿。再就说防空洞罢，重庆的防空洞，真是大大有名、死心眼儿的以为防空洞只能防空，想不到也能防热的，我看沿街的防空洞大半开着，洞口横七竖八的安些床铺、马札子、椅子、凳子，横七竖八的坐着、躺着各样衣着的男人、女人。

在街心里走过，瞧着那懒散的样子，未免有点儿烦气。这自然是死心眼儿，但是多出汗又好烦气，我似乎倒比重庆人更感到重庆的热了。

行

衣食住行，为什么却从行说起呢？我是行客，写的是行记，自然以为行第一。

到了重庆，得办事，得看人，非行不可，若是老在屋里坐着，压根儿我就不会上重庆来了。再说昆明市区小，可以走路；反正住在那儿，这回办不完的事，还可以留着下回办，不妨从从容容的，十分忙或十分懒的时候，才偶尔坐回黄包车、马车或公共汽车。来到重庆可不能这么办，路远、天热，日子少、事情多，只靠两腿怎么也办不了。

况这儿的车又相应、又方便，又何乐而不坐坐呢？

前几年到重庆，似乎坐滑竿最多，其次黄包车，其次才是公共汽车。那时重庆的朋友常劝我坐滑竿，因为重庆东到西长，有一圈儿马路，南到北短，中间却隔着无数层坡儿。滑竿可以爬坡，黄包车只能走马路，往往要兜大圈子。至于公共汽车，常常挤得水泄不通，半路要上下，得费出九牛二虎之力，所以那时我总是起点上终点下的多，回数自然就少。坐滑竿上下坡，一是脚朝天，一是头冲地，有些惊人，但不要紧，滑竿夫倒把得稳。从前黄包车下打铜街那个坡，却真有惊人的着儿，车夫身子向后微仰，两手紧压着车把，不拉车而让车子推着走，脚底下不由自主的忽紧忽慢，看去有时好像不点地似的，但是一个不小心，压不住车把，车子会翻过去，那时真的是脚不点地了，这够险的。所以后来黄包车禁止走那条街，滑竿现在也限制了，只准上坡时坐。可是公共汽车却大进步了。

这回坐公共汽车最多，滑竿最少。重庆的公用汽车分三类，一是特别快车，只停几个大站，一律廿五元，从那儿坐到哪儿都一样，有些人常拣那候车人少的站口上车，兜个圈子回到原处，再向目的地坐；这样还比走路省时省力，比雇车省时省力省钱。二是专车，只来往政府区的上清寺和商业区的都邮街之间，也只停大站，廿五元。三是公共汽车，站口多，这回没有坐，好像一律十五元，这种车比较慢，行客要的是快，所以我没有坐。慢固然因停的多，更因为等的久。重庆汽车，现在很有秩序了，大家自动的排成单行，依次而进，坐位满人，卖票人便宣布还可以挤几个，意思是还可以“站”几个。这时愿意站的可以上前去，不妨越次，但是还得一个跟一个“挤”满了，卖票宣布停止，叫等下次车，便关门吹哨子走了。公共汽车站多价贱，排班老是很长，在腰站上，一次车又往往上不了几个，因此一等就是二三十分钟，行客自然不能那么耐着性儿。

衣

二十七年春初过桂林，看见满街都是穿灰布制服的，长衫极少，女子也只穿灰衣和裙子。那种整齐，利落，朴素的精神，叫人肃然起敬；这是有训练的公众。后来听说外面人去得多了，长衫又多起来了。国民革命以来，中山服渐渐流行，短衣日见其多，抗战后更其盛行。从前看不起军人，看不惯洋人，短衣不愿穿，只有女人才穿两截衣，哪有堂堂男子汉去穿两截衣的。可是时世不同了，男子倒以短装为主，女子反而穿一截衣了。桂林长衫增多，增多的大概是些旧长衫，只算是回光返照。可是这两三年各处却有不少的新长衫出现，这是因为公家发的平价布不能做短服，只能做长衫，是个将就局儿。相信战后材料方便，还要回到短装的，这也是一种现代化。

四川民众苦于多年的省内混战，对于兵字深恶痛绝，特别称为“二尺五”和“棒客”，列为一等人。我们向来有“短衣帮”的名目，是泛指，“二尺五”却是特指，可都是看不起短衣。

四川似乎特别看重长衫，乡下人赶场或入市，往往头缠白布，脚蹬草鞋，身上却穿着青布长衫。是粗布，有时很长，又常东补一块，西补一块的，可不含糊是长衫。也许向来是天府之国，衣食足而后知礼义，便特别讲究仪表，至今还留着些流风余韵罢？然而城市中人却早就在赶时髦改短装了。短装原是洋派，但是不必遗憾，赵武灵王不是改了短装强兵强国吗？短装至少有好些方便的地方：夏天穿个衬衫短裤就可以大模大样的在街上走，长衫就似乎不成。只有广东天热，又不像四川在意小节，短衫裤可以行街。可是所谓短衫裤原是长裤短衫，广东的短衫又很长，所以还行得通，不过好像不及衬衫短裤的派头。

不过衬衫短裤似乎到底是便装，记得北平有个大学开教授会，有一位教授穿衬衫出入，居然就有人提出风纪问题来。三年前的夏季，在重庆我就见到有穿衬衫赴宴的了，这是一位中年的中级公务员，而那宴会是很正式的，座中还有位老年的参政员。可是那晚的确热，主人自己脱了上装，又请客人宽衣，于是短衫和衬衫围着圆桌子，大家也就一样了。西服的客人大概搭着上装来，到门口穿上，到屋里经主人一声“宽衣”，便又脱下，告辞时还是搭着走。其实真是多此一举，那么热还绷个什么呢？不如衬衫入座倒干脆些。可是中装的却得穿着长衫来去，只在室内才能脱下。西服客人累累赘赘带着上装，倒可以陪他们受点儿小罪，叫他们不至于因为这点不平而对于世道人心长吁短叹。

战时一切从简，衬衫赴宴正是“从简”。“从简”提高了便装的地位，于是乎造成了短便装的风气。先有皮茄克，春秋冬三季（在昆明是四季），大街上到处都见，黄的、黑的、拉链的、扣钮的、收底的、不收底边的，花样繁多。穿的人青年中年不分彼此，只除了六十以上的老头儿。从前穿的人多少带些个“洋”关系，现在不然，我曾在昆明乡下见过一个种地的，穿的正是这皮茄克，虽然旧些。不过还是司机穿的最早，这成个司机文化一个重要项目。皮茄克更是哪儿都可去，昆明我的一位教授朋友，就穿着一件老皮茄克教书、演讲、赴宴、参加典礼，到重庆开会，差不多是皮茄克为记。这位教授穿皮茄克，似乎在学晏子穿狐裘，三十年就靠那一件衣服，他是不是赶时髦，我不能冤枉人，然而皮茄克上了运是真的。

再就是我要说的这两年至少在重庆风行的夏威夷衬衫，简称夏威夷衫，最简称夏威衣。这种衬衫创自夏威夷，就是檀香山，原是一种土风。夏威夷岛在热带，译名虽从音，似乎也兼义。夏威夷衣自然只宜于热天，只宜于有“夏威”的地方，如中国的重庆等。重庆流行夏威衣却似乎只是近一两年的事。去年夏天一位朋友从重庆回到昆明，说是曾看见某首长穿着这种衣服在别墅的路上散步，虽然在黄昏时分，我的这位书生朋友总觉得不大像样子。今年我却看见满街都是的，这就是所谓上行下效罢？

夏威衣翻领像西服的上装，对襟面袖，前后等长，不收底边，不开岔儿，比衬衫短些。除了翻领，简直跟中国的短衫或小衫一般无二。但短衫穿不上街，夏威衣即可堂哉皇哉在重庆市中走来走去。那翻领是具体而微的西服，不缺少洋味，至于凉快，也是有的。夏威衣的确比衬衫通风；而看起来飘飘然，心上也爽利。重庆的夏威衣五光十色，好像白绸子黄卡叽居多，土布也有，绸的便更见其飘飘然，配长裤的好像比配短裤的多一些。在人行道上有时通过持续来了三五件夏威衣，一阵飘过去似的，倒也别有风味。

刘云波女医师

刘云波是成都的一位妇产科女医师，在成都执行医务，上十年了。她自己开了一所宏济医院，抗战期中兼任成都中央军校医院妇产科主任，又兼任成都市立医院妇产科主任。胜利后军校医院复员到南京，她不能分身前去，去年又兼任了成都高级医事职业学校的校长，我写出这一串履历，见出她是个忙人。

忙人原不稀奇，难得的她决不挂名而不做事；她是真的忙于工作，并非忙于应酬等等。她也不因为忙而马虎，却处处要尽到她的责任。忙人最容易搭架子，瞧不起别人，她却没有架子，所以人缘好——就因为人缘好所以更忙。

这十年来成都人找过她的太多了，可是我们没有听到过不满意她的话。人缘好，固然；更重要的是她对于病人无微不至的关切。她不是冷冰冰的在尽她的责任，尽了责任就算完事；她是“念兹在兹”的。

刘医师和内人在中学里同学，彼此很要好。抗战后内人回到成都故乡，老朋友见面，更是高兴。内人带着三个孩子在成都一直住了六年，这中间承她的帮助太多，特别在医药上。他们不断的去她的医院看病，大小四口都长期住过院，我自己也承她送打了二十四针，治十二指肠溃疡。

我们熟悉她的医院，深知她的为人，她的确是一位亲切的好医师。她是在德国耶拿大学学的医，在那儿住了也上十年。在她自己的医院里，除妇产科外她也看别的病，但是她的主要的也是最忙的工作是接生，找她的人最多。她约定了给产妇接生，到了期就是晚上睡下也在留心着电话。电话来了，或者有人来请了，她马上起来坐着包车就走。

有一回一个并未预约的病家，半夜里派人来请。这家人疏散在郊外，从来没有请她去看过产妇，也没有个介绍的人。她却毅然的答应了去。包车到了一处田边打住，来请的人说还要走几条田埂才到那家。

那时夜黑如墨，四望无人，她想，该不会是绑票匪的骗局罢？但是只得大着胆子硬起头皮跟着走。受了这一次虚惊，她却并不说以后不接受这种半夜里郊外素不相知的人家的邀请，她觉得接生是她应尽的责任。

她的责任感是充满了热情的。她对于住在她的医院里的病人，因为接近，更是时刻的关切着——老看见她叮嘱护士小姐们招呼这样那样的。特别是那种情形严重的病人，她有时候简直睡不着的惦记着。

她没有结婚，常和内人说她把病人当做了爱人。这决不是一句漂亮话，她是认真的爱着她的病人的。她是个忠诚的基督徒，有着那大的爱的心，也可以说是“慈母之心”——我曾经写过一张横披送给她，就用的这四个字。

她不忽略穷的病家，住在她的医院里的病人，不论穷些富些，她总叮嘱护士小姐们务必一样的和气，不许有差别。如果发觉有了差别，她是要不留情的教训的。街坊上的穷家到她的医院里看病，她常免他们的费，她也到这些穷人家里去免费接生。对于朋友自然更厚。

有一年我们的三个孩子都出疹子，两岁的小女儿转了猩红热，两个男孩子转了肺炎，那时我在昆明，内人一个人要照管这三个严重的传染病人。幸而刘医师特许小女住到她的医院里去。她尽心竭力的奔波着治他们的病，用她存着的最有效的药，那些药在当时的成都是极难得的。

小女眼看着活不了，却终于在她手里活了起来，真是凭空的捡来了一条命！她知道教书匠的穷，一个钱不要我们的。后来她给我们看病吃药，也从不收一个钱。

我们呢，却只送了“秀才人情”的一幅对子给她，文字是“生死人而肉白骨，保赤子如拯斯民”，特地请叶圣陶兄写；这是我们的真心话。

刘医师是遂宁刘万和先生的二小姐。刘老先生手创了成都的刘万和绸布庄，这到现在还是成都数一数二的大铺子。刘老太太是一位慈爱的勤俭的老太太，她行的家庭教育是健康的。

刘医师敬爱着这两位老人。不幸老太太去世得早，老先生在抗战前一年也去世了，留下了很多幼小者。刘医师在耶拿大学得了博士学位，原想再研究些时候，这一来却赶着回到家里，负起了教育弟弟们的重任。她爱弟弟们，管教得却很严。现在弟弟们都成了年，她又在管着侄儿侄女们了。这也正是她的热情和责任感的表现。

她出身在富家，富家出身的人原来有啬刻的，也有慷慨的，她的慷慨还不算顶稀奇。真正难得的是她那不会厌倦的同情和不辞劳苦的服务。富家出身的人往往只知道贪图安逸，像她这样给自己找麻烦的人实在少有。再说一般的医师，也是冷静而认真就算是好，像她这样对于不论什么病人都亲切，恐怕也是凤毛麟角罢。

南行杂记

我来去两次经过青岛。船停的时间虽不算少却也不算多，所以只看到青岛的一角；而我们上岸又都在白天，不曾看到青岛的夜——听说青岛夏夜的跳舞很可看，有些人是特地从上海赶来跳舞的。

青岛之所以好，在海和海上的山。青岛的好在夏天，在夏天的海滨生活；凡是在那一条大胳膊似的海滨上的，多少都有点意思。而在那手腕上，有一间“青岛咖啡”。这是一间长方的平屋，半点不稀奇，但和海水隔不几步，让你坐着有一种喜悦。

这间屋好在并不像“屋”，说是大露台，也许还贴切些。三面都是半截板栏，便觉得是海阔天空的气象。一溜儿满挂着竹帘。这些帘子卷着固然显得不寂寞，可是放着更好，特别在白天，我想。

隔着竹帘的海和山，有些朦胧的味儿；在夏天的太阳里，只有这样看，凉味最足。自然，黄昏和月下应该别有境界，可惜我们没福受用了。在这里坐着谈话，时时听见海波打在沙滩上的声音，我们有时便静听着，抽着烟卷，瞪着那袅袅的烟儿。

谢谢C君，他的眼力不坏，第一次是他介绍给我这个好地方。C君又说那里的侍者很好，不像北平那一套客气，也不像上海那一套不客气。但C君大概是熟主顾又是山东人吧，我们第二次去时，他说的那一套好处便满没表现了。

我自小就听人念“江无底，海无边”这两句谚语，后来又读了些诗文中海的描写；我很羡慕海，想着见了海定要吃一惊，暗暗叫声“哎哟”的。哪知并不！在南方北方乘过上十次的海轮，毫无发现海的伟大，只觉得单调无聊，即使在有浪的时候。但有一晚满满的月光照在船的一面的海上，海水黑白分明，我们在狭狭一片白光里，看着船旁浪花热闹着，那是不能忘记的。而那晚之好实在月！

这两回到青岛，似乎有些喜欢海起来了。可是也喜欢抱着的山，抱着的那只大胳膊，也喜欢“青岛咖啡”，海究竟有限的。海自己给我的好处，只有海水浴，那在我是第一次的。

去时过青岛，船才停五点钟。我问C君，“会泉（海浴处）怎样？”他说，“看光腚子？穿了大褂去没有意思！”从“青岛咖啡”出来时，他掏出表来看，说：“光腚子给你保留着回来看罢。”但我真想洗个海水澡。一直到回来时才洗了。我和S君一齐下去，W君有点怕这个玩意，在饭店里坐着喝汽水。

S君会游泳走得远些，我只有浅处练几下。海水最宜于初学游泳的，容易浮起多了。更有一桩大大的妙处，便是浪。浪是力量，我站着踉跄了好几回；有一回正浮起，它给我个不知道冲过来了，我竟吃了惊，茫然失措了片刻，才站起来。

这固然可笑，但是事后真得劲儿！

好些外国小孩子在浪来时，被滚滚的白花埋下去，一会儿又笑着昂起头向前快快游着；他们倒像和浪是好朋友似的。我们在水里呆了约莫半点钟，我和S君说，“上去吧，W怕要睡着了。”

我们在沙滩上躺着。C君曾告诉我，浴后仰卧在沙滩上，看着青天白云，会什么都不愿想。沙软而细，躺着确是不错；可恨我们去的时候不好，太阳正在头上，不能看青天白云，只试了一试就算了。

除了海，青岛的好处是曲折的长林。德国人真“有根”，长林是长林，专为游览，不许造房子。我和C君乘着汽车左弯右转地绕了三四十分钟，车夫说还只在“第一公园”里。C君说，“长着哪！”但是我们终于匆匆出来了。

这些林子延绵得好，幽曲得很，低得好，密得好；更好是马路随山高下，俯仰不时，与我们常走的“平如砥，直如矢”的迥乎不同。青岛的马路大都如此；这与“向‘右’边走”的马路规则，是我初到青岛时第一个新鲜的印象。

C君说福山路的住屋，建筑安排得最美，但我两次都未得走过。至于崂山，胜景更多，也未得去；只由他指给我看崂山的尖形的峰。现在想来，颇有“山在虚无缥缈间”之感了。

匆匆

燕子去了，有再来的时候；杨柳枯了，有再青的时候；桃花谢了，有再开的时候。但是，聪明的，你告诉我，我们的日子为什么一去不复返呢？是有人偷了他们罢：那是谁？又藏在何处呢？是他们自己逃走了罢：现在又到了哪里呢？

我不知道他们给了我多少日子，但我的手确乎是渐渐空虚了。在默默里算着，八千多日子已经从我手中溜去；像针尖上一滴水滴在大海里，我的日子滴在时间的流里，没有声音，也没有影子。我不禁头涔涔而泪潸潸了。

去的尽管去了，来的尽管来着；去来的中间，又怎样地匆匆呢？早上我起来的时候，小屋里射进两三方斜斜的太阳。太阳他有脚啊，轻轻悄悄地挪移了；我也茫茫然跟着旋转。于是——洗手的时候，日子从水盆里过去；吃饭的时候，日子从饭碗里过去；默默时，便从凝然的双眼前过去。我觉察他去的匆匆了，伸出手遮挽时，他又从遮挽着的手边过去，天黑时，我躺在床上，他便伶伶俐俐地从我身上跨过，从我脚边飞去了。等我睁开眼和太阳再见，这算又溜走了一日。我掩着面叹息。但是新来的日子的影儿又开始在叹息里闪过了。

在逃去如飞的日子里，在千门万户的世界里的我能做些什么呢？只有徘徊罢了，只有匆匆罢了；在八千多日的匆匆里，除徘徊外，又剩些什么呢？过去的日子如轻烟，被微风吹散了，如薄雾，被初阳蒸融了；我留着些什么痕迹呢？我何曾留着像游丝样的痕迹呢？我赤裸裸来到这世界，转眼间也将赤裸裸的回去罢？但不能平的，为什么偏要白白走这一遭啊？

你聪明的，告诉我，我们的日子为什么一去不复返呢？

歌声

昨晚中西音乐歌舞大会里“中西丝竹和唱”的三曲清歌，真令我神迷心醉了。

仿佛一个暮春的早晨。霏霏的毛雨默然洒在我脸上，引起润泽、轻松的感觉。新鲜的微风吹动我的衣袂，像爱人的鼻息吹着我的手一样。我立的一条白矾石的甬道上，经了那细雨，正如涂了一层薄薄的乳油；踏着只觉越发滑腻可爱了。

这是在花园里。群花都还做她们的清梦。那微雨偷偷洗去她们的尘垢，她们的甜软的光泽便自焕发了。在那被洗去的浮艳下，我能看到她们在有日光时所深藏着的恬静的红，冷落的紫，和苦笑的白与绿。以前锦绣般在我眼前的，现在都带了黯淡的颜色。——是愁着芳春的销歇么？是感着芳春的困倦么？

大约也因那蒙蒙的雨，园里没了浓郁的香气。涓涓的东风只吹来一缕缕饿了似的花香；夹带着些潮湿的草丛的气息和泥土的滋味。园外田亩和沼泽里，又时时送过些新插的秧，少壮的麦，和成荫的柳树的清新的蒸气。这些虽非甜美，却能强烈地刺激我的鼻观，使我有愉快的倦怠之感。

看啊，那都是歌中所有的。我用耳，也用眼，鼻，舌，身，听着；也用心唱着。我终于被一种健康的麻痹袭取了，于是为歌所有。此后只由歌独自唱着，听着，世界上便只有歌声了。

女人

老实说，我是个欢喜女人的人；从国民学校时代直到现在，我总一贯地欢喜着女人。虽然不曾受着什么“女难”，而女人的力量，我确是常常领略到的。

女人就是磁石，我就是一块软铁；为了一个虚构的或实际的女人，呆呆的想了一两点钟，乃至想了一两个星期，真有不知肉味光景，这种事是屡屡有的。

在路上走，远远的有女人来了，我的眼睛便像蜜蜂们嗅着花香一般，直攫过去。但是我很知足，普通的女人，大概看一两眼也就够了，至多再掉一回头。

像我的一位同学那样，遇见了异性，就立正向左或向右转，仔细用他那两只近视眼，从眼镜下面紧紧追出去半日半日，然后看不见，然后开步走，我是用不着的。

我们地方有句土话说：“乖子望一眼，呆子望到晚”；我大约总在“乖子”一边了。我到无论什么地方，第一总是用我的眼睛去寻找女人。

在火车里，我必走遍几辆车去发见女人；在轮船里，我必走遍全船去发见女人。我若找不到女人时，我便逛游戏场去，赶庙会去，我大胆地加一句，参观女学校去，这些都是女人多的地方。于是我的眼睛更忙了！我拖着两只脚跟着她们走，往往直到疲倦为止。

我所追寻的女人是什么呢？我所发见的女人是什么呢？这是艺术的女人。

从前人将女人比做花，比做鸟，比做羔羊；他们只是说，女人是自然手里创造出来的艺术，使人们欢喜赞叹，正如艺术的儿童是自然的创作，使人们欢喜赞叹一样。

不独男人欢喜赞叹，女人也欢喜赞叹；而“妒”便是欢喜赞叹的另一面，正如“爱”是欢喜赞叹的一面一样。

受欢喜赞叹的，又不独是女人，男人也有。“此柳风流可爱，似张绪当年”，便是好例；而“美丰仪”一语，尤为“史不绝书”。但男人的艺术气分，似乎总要少些；贾宝玉说得好：男人的骨头是泥做的，女人的骨头是水做的。这是天命呢？还是人事呢？我现在还不得而知；只觉得事实是如此罢了。你看，目下学绘画的“人体习作”的时候，谁不用了女人做他的模特儿呢？这不是因为女人的曲线更为可爱么？

我们说，自有历史以来，女人是比男人更其艺术的；这句话总该不会错吧？所以我说，艺术的女人。

所谓艺术的女人，有三种意思：是女人中最为艺术的，是女人的艺术的一面，是我们以艺术的眼去看女人。我说女人比男人更其艺术的，是一般的说法；说女人中最为艺术的，是个别的说法。而“艺术”一词，我用它的狭义，专指眼睛的艺术而言，与绘画，雕刻，跳舞同其范类。

艺术的女人便是有着美好的颜色和轮廓和动作的女人，便是她的容貌，身材，姿态，使我们看了感到“自己圆满”的女人。

在女人的聚会里，有时也有一种温柔的空气；但只是笼统的空气，没有详细的节目。所以这是要由远观而鉴赏的，与个别的看法不同；若近观时，那笼统的空气也许会消失了的。说起这艺术的“女人的聚会”，我却想着数年前的事了，云烟一般，好惹人怅惘的。

在P城一个礼拜日的早晨，我到一所宏大的教堂里去做礼拜；听说那边女人多，我是礼拜女人去的。那教堂是男女分坐的。我去的时候，女坐还空着，似乎颇遥遥的；我的遐想便去充满了每个空坐里。忽然眼睛有些花了，在薄薄的香泽当中，一群白上衣，黑背心，黑裙子的女人，默默的，远远的走进来了。我现在不曾看见上帝，却看见了带着翼子的这些安琪儿了！

另一回在傍晚的湖上，暮霭四合的时候，一只插着小红花的游艇里，坐着八九个雪白雪白的白衣的姑娘；湖风舞弄着她们的衣裳，便成一片浑然的白。我想她们是湖之女神，以游戏三昧，暂现色相于人间的呢！

第三回在湖中的一座桥上，淡月微云之下，倚着十来个，也是姑娘，朦朦胧胧的与月一齐白着。在抖荡的歌喉里，我又遇着月姊儿的化身了！这些是我所发见的又一型。

是的，艺术的女人，那是一种奇迹！

“上帝的骄子”

去年暑假到上海，在一路电车的头等里，见一个大西洋人带着一个小西洋人，相并地坐着。我不能确说他俩是英国人或美国人；我只猜他们是父与子。

那小西洋人，那白种的孩子，不过十一二岁光景，看去是个可爱的小孩，引我久长的注意。他戴着平顶硬草帽，帽檐下端正地露着长圆的小脸。白中透红的面颊，眼睛上有着金黄的长睫毛，显出和平与秀美。

我向来有种癖气：见了有趣的小孩，总想和他亲热，做好同伴；若不能亲热，便随时亲近亲近也好。

在高等小学时，附设的初等里，有一个养着乌黑的西发的刘君，真是依人的小鸟一般；牵着他的手问他的话时，他只静静地微仰着头，小声儿回答——我不常看见他的笑容，他的脸老是那么幽静和真诚，皮下却烧着亲热的火把。

我屡次让他到我家来，他总不肯；后来两年不见，他便死了。我不能忘记他！我牵过他的小手，又摸过他的圆下巴。但若遇着陌生的小孩，我自然不能这么做，那可有些窘了；不过也不要紧，我可用我的眼睛看他——一回，两回，十回，几十回！孩子大概不很注意人的眼睛，所以尽可自由地看，和看女人要遮遮掩掩的不同。

我凝视过许多初会面的孩子，他们都不曾向我抗议；至多拉着同在的母亲的手，或倚着她的膝头，将眼看她两看罢了。所以我胆子很大。这回在电车里又发了老癖气，我两次三番地看那白种的孩子，小西洋人！

初时他不注意或者不理会我，让我自由地看他。但看了不几回，那父亲站起来了，儿子也站起来了，他们将到站了。

这时意外的事来了。那小西洋人本坐在我的对面；走近我时，突然将脸尽力地伸过来了，两只蓝眼睛大大地睁着，那好看的睫毛已看不见了；两颊的红也已褪了不少了。和平，秀美的脸一变而为粗俗，凶恶的脸了！他的眼睛里有话："咄！黄种人，黄种的支那人，你——你看吧！你配看我！"他已失了天真的稚气，脸上满布着横秋的老气了！我因此宁愿称他为"小西洋人"。

他伸着脸向我足有两秒钟；电车停了，这才胜利地掉过头，牵着那大西洋人的手走了。大西洋人比儿子似乎要高出一半；这时正注目窗外，不曾看见下面的事。儿子也不去告诉他，只独断独行地伸他的脸；伸了脸之后，便又若无其事的，始终不发一言——在沉默中得着胜利，凯旋而去。不用说，这在我自然是一种袭击，"出其不意，攻其不备"的袭击！

这突然的袭击使我张皇失措；我的心空虚了，四面的压迫很严重，使我呼吸不能自由。

我曾在N城的一座桥上，遇见一个女人；我偶然地看她时，她却垂下了长长的黑睫毛，露出老练和鄙夷的神色。

那时我也感着压迫和空虚，但比起这一次，就稀薄多了：我在那小西洋人两颗枪弹似的眼光之下，茫然地觉着有被吞食的危险，于是身子不知不觉地缩小——大有在奇境中的阿丽思（即爱丽丝）的劲儿！

我木木然目送那父与子下了电车，在马路上开步走；那小西洋人竟未一回头，断然地去了。我这时有了迫切的国家之感！

我做着黄种的中国人，而现在还是白种人的世界，他们的骄傲与践踏当然会来的；我所以张皇失措而觉着恐怖者，因为那骄傲我的，践踏我的，不是别人，只是一个十来岁的“白种的”孩子，竟是一个十来岁的白种的“孩子”！

我向来总觉得孩子应该是世界的，不应该是一种，一国，一乡，一家的。我因此不能容忍中国的孩子叫西洋人为“洋鬼子”。但这个十来岁的白种的孩子，竟已被撒入人种与国家的两种定型里了。他已懂得凭着人种的优势和国家的强力，伸着脸袭击我了。

这一次袭击实是许多次袭击的小影，他的脸上便缩印着一部中国的外交史。他之来上海，或无多日，或已长久，耳濡目染，他的父亲，亲长，先生，父执，乃至同国，同种，都以骄傲践踏对付中国人；而他的读物也推波助澜，将中国编排得一无是处，以长他自己的威风。所以他向我伸脸，决非偶然而已。

这是袭击，也是侮蔑，大大的侮蔑！

我因了自尊，一面感着空虚，一面却又感着愤怒；于是有了迫切的国家之念。我要诅咒这小小的人！但我立刻恐怖起来了：这到底只是十来岁的孩子呢，却已被传统所埋葬；我们所日夜想望着的“赤子之心”，世界之世界（非某种人的世界，更非某国人的世界！），眼见得在正来的一代，还是毫无信息的！

这是你的损失，我的损失，他的损失，世界的损失；虽然是怎样渺小的一个孩子！但这孩子却也有可敬的地方：他的从容，他的沉默，他的独断独行，他的一去不回头，都是力的表现，都是强者适者的表现。决不婆婆妈妈的，决不粘粘搭搭的，一针见血，一刀两断，这正是白种人之所以为白种人。

我真是一个矛盾的人。无论如何，我们最要紧的还是看看自己，看看自己的孩子！谁也是上帝之骄子；这和昔日的王侯将相一样，是没有种的！

白采

盛暑中写《白采的诗》一文，刚满一页，便因病搁下。

这时候薰宇来了一封信，说白采死了，死在香港到上海的船中。他只有一个人；他的遗物暂存在立达学园里。有文稿，旧体诗词稿，笔记稿，有朋友和女人的通信，还有四包女人的头发！

我将薰宇的信念了好几遍，茫然若失了一会；觉得白采虽于生死无所容心，但这样的死在将到吴淞口了的船中，也未免太惨酷了些——这是我们后死者所难堪的。

白采是一个不可捉摸的人。

他的历史，他的性格，现在虽从遗物中略知梗概，但在他生前，是绝少人知道的；他也绝口不向人说，你问他他只支吾而已。他赋性既这样遗世绝俗，自然是落落寡合了；但我们却能够看出他是一个好朋友，他是一个有真心的人。

“不打不成相识，”我是这样的知道了白采的。这是为学生李芳诗集的事。李芳将他的诗集交我删改，并嘱我作序。

那时我在温州，他在上海。我因事忙，一搁就是半年；而李芳已因不知名的急病死在上海。我很懊悔我的需缓，赶紧抽了空给他工作。

正在这时，平伯转来白采的信，短短的两行，催我设法将李芳的诗出版；又附了登在《觉悟》上的小说《作诗的儿子》，让我看看——里面颇有讥讽我的话。我当时觉得不应得这种讥讽，便写了一封近两千字的长信，详述事件首尾，向他辩解。信去了便等回信；但是杳无消息。

等到我已不希望了，他才来了一张明信片；在我看来，只是几句半冷半热的话而已。我只能以“岂能尽如人意？但求无愧我心！”自解，听之而已。

但平伯因转信的关系，却和他常通函札。平伯来信，屡屡说起他，说是一个有趣的人。

有一回平伯到白马湖看我。我和他同往宁波的时候，他在火车中将白采的诗稿《羸疾者的爱》给我看。我在车身不住的动摇中，读了一遍。觉得大有意思。我于是承认平伯的话，他是一个有趣的人。

我又和平伯说，他这篇诗似乎是受了尼采的影响。后来平伯来信，说已将此语函告白采，他颇以为然。我当时还和平伯说，关于这篇诗，我想写一篇评论；平伯大约也告诉了他。有一回他突然来信说起此事；他盼望早些见着我的文字，让他知道在我眼中的他的诗究竟是怎样的。我回信答应他，就要做的。

以后我们常常通信，他常常提及此事。但现在是三年以后了，我才算将此文完篇；他却已经死了，看不见了！他暑假前最后给我的信还说起他的盼望。天啊！我怎样对得起这样一个朋友，我怎样挽回我的过错呢？

平伯和我都不曾见过白采，大家觉得是一件缺憾。

有一回我到上海，和平伯到西门林荫路新正兴里五号去访他：这是按着他给我们的通信地址去的。但不幸得很，他已经搬到附近什么地方去了；我们只好嗒然而归。

新正兴里五号是朋友延陵君住过的：有一次谈起白采，他说他姓童，在美术专门学校念书；他的夫人和延陵夫人是朋友，延陵夫妇曾借住他们所赁的一间亭子间。那是我看延陵时去过的，床和桌椅都是白漆的；是一间虽小而极洁净的房子，几乎使我忘记了是在上海的西门地方。

现在他存着的摄影里，据我看，有好几张是在那间房里照的。又从他的遗札里，推想他那时还未离婚；他离开新正兴里五号，或是正为离婚的缘故，也未可知。这却使我们事后追想，多少感着些悲剧味了。

但平伯终于未见着白采，我竟得和他见了一面。那是在立达学园我预备上火车去上海前的五分钟。这一天，学园的朋友说白采要搬来了；我从早上等了好久，还没有音信。正预备上车站，白采从门口进来了。他说着江西话，似乎很老成了，是饱经世变的样子。我因上海还有约会，只匆匆一谈，便握手作别。他后来有信给平伯说我“短小精悍”，却是一句有趣的话。这是我们最初的一面，但谁知也就是最后的一面呢！

去年年底，我在北京时，他要去集美作教；他听说我有南归之意，因不能等我一面，便寄了一张小影给我。这是他立在露台上远望的背影，他说是聊寄仁盼之意。我得此小影，反复把玩而不忍释，觉得他真是一个好朋友。

这回来到立达学园，偶然翻阅《白采的小说》，《作诗的儿子》一篇中讥讽我的话，已经删改；而薰宇告我，我最初给他的那封长信，他还留在箱子里。这使我惭愧从前的猜想，我真是小器的人哪！但是他现在死了，我又能怎样呢？我只相信，如爱墨生的话，他在许多朋友的心里是不死的！